COLLECTION FOLIO

Henry de Montherlant
de l'Académie française

Le maître de Santiago

Gallimard

Sur le tableau du Greco :

JULIAN ROMERO

COMMANDEUR DE L'ORDRE DE SANTIAGO, PRÉSENTÉ A DIEU PAR LE CHEVALIER AUX FLEURS DE LYS

(Prado)

... Mais le sommet de l'œuvre du Greco, du moins selon ma sensibilité, c'est la présentation de Julian Romero par le chevalier aux fleurs de lys. Voici Greco, plus encore qu'ailleurs, « maître d'élévation ».

Cet agenouillé et cet autre personnage dont on pourrait croire qu'il le relève, n'est-ce pas don Rodrigue de Castro et Carranza, archevêque de Tolède, quand ils dansent ensemble la grande pavane de Jésus-Christ? La figure qu'ils en exécutent est si belle qu'il me faut la décrire, bien qu'étrangère à mon sujet. L'Inquisition a envoyé don Rodrigue accompagner Carranza, en apparence pour lui rendre honneur, en réalité pour le garder à vue, et l'arrêter s'il le juge bon. Au moment que Rodrigue se décide enfin à arrêter l'archevêque, il s'agenouille et lui demande pardon de ce qu'il va faire. Et Carranza, doucement, le relève. Cette scène sublime est sans rapport avec celle qui est traitée par le Greco : il s'agit ici d'un certain capitaine Romero, que présente à Dieu — symboliquement — un chevalier à l'identité mystérieuse. Jamais, il me semble, n'a été rendu de façon aussi poignante le « Mon Père, je remets mon âme entre vos mains ». L'imploration des yeux, l'abandon des bouches (chez ces deux chefs de guerre! des bouches à être communiées avec un peu de terre et d'herbe), le geste si fraternel du chevalier (comme il l'enveloppe bien, son orant!), les mains de l'agenouillé, belles comme un beau destin, tout fait flèche et atteint son but. Enfin une peinture catholique qui atteint son but : elle élève et elle édifie. L'auteur nous fait grâce cette fois de sa vision céleste. Le surnaturel n'est plus évoqué ici par les grossiers moyens chers au Greco : cette déformation du corps humain qui non seulement est une offense pour la plus belle création de Dieu, mais est contraire au dogme, selon lequel les corps ressusciteront dans l'état de leur plus grande beauté. Les deux suppliants du « Romero » sont le réel, car, ces expressions que leur prête le peintre, il est plausible qu'à quelque moment ils les ont eues, telles strictement que les voici; et en même temps ils transcendent le réel. Ils sont humains au possible; et en même temps ils réfléchissent le divin. Notons encore que ce n'est pas ici un roi ni un prince qui revêt une robe de pénitent, qui s'applique à s'abaisser et y met, sinon de l'ostentation, du moins une pointe de pose. Ce n'est pas non plus, comme le Saint François de la collection Zuloaga, une sorte, si j'ose dire, de spécialiste de l'humilité. C'est le capitaine Romero, autrement dit le capitaine Durand, qui offre son petit bagage de hauts-faits patriotiques, et tout son séculier subalterne, le vôtre et le mien. Il n'est pas fastueux, son manteau est sans dorures; et je ne sais quoi me dit qu'il n'est pas très intelligent. Mais, tout ce peu, il l'étale aux yeux de son Juge avec une confiance lumineuse, et il dit, comme s'il y avait eu dans sa vie autre chose que de la candeur militaire : « Pardonnez-moi, pauvre pécheur. » Et celui qui le présente, d'un geste si tendre, dit, comme le garçon du *Songe* le dit pour son camarade abattu : « Mon Père, je vous le présente, ce frère... » Et n'ai-je pas eu un jour cette sorte de visage qu'il a?

Les chrétiens font reproduire sur les images mortuaires de leurs proches des tableaux d'une qualité souvent douteuse. Comment n'ont-ils jamais pensé à y reproduire cette œuvre-ci? Et, notamment, sur les images des soldats tués?

Il y a le réel et il y a l'irréel. Au-delà du réel et au-delà de l'irréel, il y a le profond. C'est le profond que me suggère la « Présentation du capitaine Romero ».

H. M.
Croire aux âmes, 1943.
(Vigneau, éd.)

Le Maître de Santiago *a été représenté pour la première fois sur le Théâtre Hébertot, le 26 janvier 1948, mis en scène par Paul Œttly, dans le décor et les costumes de Mariano Andreu, et avec la distribution suivante :*

DON ALVARO DABO, *47 ans, chevalier de l'Ordre de Santiago (Saint Jacques), — ainsi que les cinq personnages suivants :*	Henri Rollan.
DON BERNAL DE LA ENCINA, *52 ans.*	Allain-Dhurtal.
DON FERNANDO DE OLMEDA, *62 ans.*	Georges Saillard.
DON GREGORIO OBREGON, *35 ans.*	André Var.
LE MARQUIS DE VARGAS, *50 ans.*	Moncorbier.

DON ENRIQUE DE LETAMENDI, *19 ans.*	Vincent Ortega.
LE COMTE DE SORIA, *gentilhomme de la Chambre et envoyé extraordinaire du Roi, 30 ans.*	Jean Berger.
MARIANA, *fille de don Alvaro, 18 ans.*	Hélène Vercors.
TIA CAMPANITA (« Tante Clochette »), *duègne, 55 ans.*	Suzanne Demay.

En janvier 1519, à Avila (Vieille-Castille).

Le maître de Santiago est entré en 1958 au répertoire de la Comédie-Française, et y a été repris la même année.

Caballeros, y piedras

ACTE PREMIER

La salle d'honneur de la maison de don Alvaro Dabo.

Murs entièrement nus, de teinte gris ocre, plutôt foncée : ce sont des murs de maçonnerie assez fruste, dont on distingue presque les moellons. A gauche, fenêtre à fort grillage extérieur, par laquelle on voit de temps en temps tomber au-dehors des flocons de neige. A droite, au mur du fond, un grand crucifix, proche duquel est pendu le vaste manteau capitulaire — en soie blanche, avec une épée rouge, à la poignée en fleur de lys, brodée sur le côté gauche de la poitrine — des chevaliers de l'Ordre de Santiago. A la frise de ce mur éclatent trois blasons sculptés, sommés de heaumes, et posés de biais comme s'ils étaient fouettés et bousculés par une rafale. Ils éclatent, richement, curieusement, et presque convulsivement ornementés, sur la nudité du mur, comme trois oasis luxuriantes dans un désert aride.

Au milieu de la scène, une table petite, portant sept gobelets et deux aiguières. Sept chaises.

Un brasero.

*De temps en temps, au gré du metteur en scène, quelques sonneries discrètes de cloches, mais sans en abuser. Et pas de cloches durant la scène finale du III*e *acte.*

SCÈNE PREMIÈRE

MARIANA, TIA CAMPANITA

TIA CAMPANITA

Aujourd'hui, sept chaises seulement. Ces messieurs ne seront donc que six à venir? Le mois dernier ils étaient huit.

MARIANA

Cinq seulement ont fait dire qu'ils viendraient. La neige arrête bien des gens.

TIA CAMPANITA

Cinq? Ah! c'est vrai, il y a la chaise pour le convive inconnu.

MARIANA

Mon père veut qu'il y ait toujours une chaise en surnombre, au cas où quelque chevalier de l'Ordre aurait envie de venir sans s'être annoncé.

TIA CAMPANITA

Mais ce visiteur inopiné ne se présente jamais. Non, Mariana, ce n'est pas la neige qui arrête ces messieurs. C'est un autre froid, celui qui se glisse en l'homme quand il se désaffectionne de quelque chose. Comme tous les ordres de chevalerie, l'Ordre de Santiago déchoit : il ne brûle plus vraiment que dans le cœur de votre père. Ce n'est pas sans raison qu'on surnomme votre père « le Maître de Santiago », bien qu'il n'y ait plus de Grand Maître de cet Ordre.

MARIANA

Pardon, depuis vingt-cinq ans, c'est le Roi qui est le Grand Maître des trois Ordres de chevalerie espagnols. Aussitôt le royaume de Grenade reconquis sur les Mores, le roi Ferdinand a brisé les grands Ordres qui lui avaient permis cette libération entière du territoire, et les a pris en main lui-même. Il n'avait plus besoin d'eux, et il en avait peur. Et puis, c'est ce qu'on fait avec ceux qui ont été à la peine.

TIA CAMPANITA

Maintenant les chevaliers n'ont plus d'existence en tant que corps. S'il n'y avait votre père, je crois que ceux d'Avila ne se connaîtraient même pas entre eux.

MARIANA

Il y a deux ans, en revenant de El Paular, nous nous sommes arrêtés de nuit à ce qui fut la commanderie d'Isla. Les herbes envahissaient les bouches des puits à sec, et les stalles de la chapelle en ruines. Des ânes étaient à l'attache dans la salle du chapitre, où délibéraient jadis les chevaliers. Et j'entendais passer dans la nuit le sombre fleuve irrésistible, qui me parlait de tout ce qui est emporté pour être englouti.

TIA CAMPANITA

Aujourd'hui ces messieurs viennent cinq : le mois prochain ils seront trois. Surtout si don Alvaro persiste à leur offrir une hospitalité aussi austère. Pourquoi ne les invite-t-il pas à souper, comme ferait quiconque à sa place?

MARIANA

Mon père trouve qu'il est indécent que des sujets d'une certaine gravité soient mêlés à des soucis de nourriture. Il loue fort la coutume des Arabes, chez qui le maître de maison, lorsqu'il traite des hôtes, assiste au repas sans y prendre part.

TIA CAMPANITA

N'importe, leur servir de l'eau, quand le vin

de notre cave après tout n'est pas si mauvais! Oui, je sais, vous me l'avez dit : le symbole de la pureté... Avec cela que les chevaliers d'autrefois se gênaient sur le vin!

MARIANA, *buvant dans un des gobelets.*

Comme elle est fraîche! Emportante. Et comme je comprends que mon père ne veuille pas d'autre boisson que celle-là pour ses chevaliers.

TIA CAMPANITA

Laissez donc cela : vous allez vous rendre malade! Encore! A pleines lampées, boire de l'eau froide, quand il gèle au-dehors!

MARIANA

Je ne la bois pas : je la mange! Oh! Madame, elle est glacée, et elle me brûle. On dirait que je mange du feu. C'est l'eau de San Lucar...

TIA CAMPANITA

Dites plutôt que c'est l'eau de notre courelle.

MARIANA

C'est l'eau de la source San Lucar croyez-vous que je ne la reconnaisse pas? Mon père a voulu l'eau la plus pure, pour les messieurs. *(Elle boit.)* Encore! Encore! Oh! il y a là quelque chose que j'adore.

TIA CAMPANITA

Les Arabes ont un proverbe : « Le lion et le rossignol sont toujours altérés... » — Mon Dieu! cette poussière! Naturellement, Isidro ne peut pas à la fois faire la cuisine, ouvrir à l'entrée, et nettoyer la maison. Tant que don Alvaro ne voudra pas prendre un second serviteur... Ah! je suis sûre que du temps que votre mère vivait, la maison était tenue.

MARIANA

Mon père ne s'intéresse pas à ce genre de choses.

TIA CAMPANITA

Et voilà pourquoi vous vivez dans une chambre dont un des murs a perdu tout son revêtement, sans qu'on le fasse remplacer. Et des trous à ce qu'on y mette le poing; vous avez l'air d'habiter dans des ruines. Une jolie petite fleur comme vous!

MARIANA

Mon père ne voit pas cela, ou, s'il le voit, il

l'aime. Quant à moi, je vous assure que cela ne me gêne pas du tout, et que je comprends très bien qu'un homme sérieux le juge sans importance.

TIA CAMPANITA

Et qu'est-ce alors qui est important?

MARIANA

L'âme, Madame : ne le savez-vous pas? Pour mon père, seul est important, ou plutôt seul est essentiel, ou plutôt seul est réel ce qui se passe à l'intérieur de l'âme.

TIA CAMPANITA

Dans les couvents on s'occupe de l'âme, il me semble. Et il n'y a pas d'endroit qui soit mieux tenu qu'un couvent. Don Alvaro prétend qu'il n'est pas riche. Mais s'il n'est pas riche, à qui la faute? Du plus petit au plus grand tout le monde le gruge, tout le monde le vole, sans qu'il s'en soucie.

MARIANA

Vous savez bien qu'il éprouve du plaisir à être dépouillé.

TIA CAMPANITA

Sans doute n'est-il pas riche; du moins il se conduit comme s'il ne l'était pas. Et, à de certains moments, il fait montre d'une générosité folle.

MARIANA

Il se conforme à notre plus ancienne devise : *Dedi et dabo,* « J'ai donné et je donnerai. » Donner, voilà sa tour et ses créneaux.

TIA CAMPANITA

Vous avez su, je pense, l'histoire de la salière?

MARIANA

L'histoire de la salière?

TIA CAMPANITA

La salière volée par le pauvre gentilhomme.

MARIANA

Je ne connais pas cette histoire.

TIA CAMPANITA

Oh! mais alors, je vais vous la dire!

MARIANA

Si c'est une histoire où mon père a eu le beau rôle, c'est exprès qu'il ne me l'a pas racontée, et il est donc inutile que je la sache.

TIA CAMPANITA

Si! si! je vais vous la raconter, j'en ai trop envie! — Il y a un mois, un pauvre gentilhomme, inconnu de votre père, se présente chez lui, pour lui demander son aide dans la recherche d'un emploi. Quand il est parti, don Alvaro s'aperçoit qu'une des salières d'argent qui étaient sur la desserte a disparu. Quelques jours plus tard, le gentilhomme revient, et votre père remarque qu'il a des chausses neuves, au lieu des chausses usées et rapiécées qu'il portait la fois précédente. Alors il va prendre les deux salières qui restaient, les enveloppe, et les lui donne en lui disant : « Je n'ai pu vous trouver de travail, mais, s'il vous plaît, emportez ceci pour l'amour de Dieu, et priez pour moi. » Le gentilhomme, en pleurant, lui baise les mains et avoue sa faute.

MARIANA

Madame, si je voulais conter les traits de cette nature que je sais de mon père, une nuit y passerait.

TIA CAMPANITA

Et dire qu'un si bon homme peut vous négliger comme il le fait! vous traiter avec cette mauvaise grâce si typiquement masculine, si refroidissante... — Vous regardez si les messieurs de l'Ordre n'arrivent pas?

MARIANA

Je voudrais bien que don Bernal arrivât le premier.

TIA CAMPANITA

Ah! pourquoi don Bernal n'a-t-il pas gardé son fils auprès de lui! Si don Jacinto venait ici avec son père, c'est alors que vous resteriez collée à cette fenêtre!

MARIANA

Vous vous trompez bien : voilà une chose que je ne ferais pas.

TIA CAMPANITA

Amoureuse comme vous l'êtes!

MARIANA

Je ne me sens plus amoureuse quand je vous entends dire que je le suis.

TIA CAMPANITA

Vous êtes amoureuse, et Dieu veuille que don Bernal et doña Isabelle emportent le oui de votre père à ce mariage, et que vous viviez bientôt sous le toit d'un homme qui ne vous dira pas tous les jours : « Oh! qu'est-ce que cette belle robe? » devant une robe que vous portez depuis deux ans.

MARIANA

Justement, voici don Bernal. Laissez-nous, Madame! Je voudrais tant parler un peu avec lui.

SCÈNE II

MARIANA, DON BERNAL DE LA ENCINA

MARIANA

Don Bernal, je suis bien contente de vous voir.

BERNAL

Moi aussi, Mariana. Car notre réunion d'aujourd'hui va être importante pour vous. — Trois d'entre nous s'embarquent pour le Nouveau Monde.

MARIANA

Vous, vous ne partez pas? Ni don Jacinto?

BERNAL

Ma santé me l'interdit. Quant à Jacinto, son service au Conseil des Indes le retient à Valladolid. Mais nous voudrions persuader votre père de partir.

MARIANA

Mon père! Partir!

BERNAL

Vous, moi, Jacinto, en vue de votre bonheur, nous avons besoin qu'il parte. Oh! pas longtemps : dix-huit mois, un an seulement peut-être. Vous pourriez aller vivre durant son absence dans la maison de votre tante Christine, comme jadis les femmes de nos chevaliers, quand ceux-ci voulaient vivre seuls, allaient habiter au couvent de Cozollos. J'ai de bonnes raisons pour être assuré que votre père, en ce peu de temps, peut faire fortune là-bas; je lui en fournirai les moyens. Et je vous expliquerai un autre jour pourquoi, si nous voulons que votre mariage se fasse, il faut que votre état soit rendu plus solide.

MARIANA

Je le comprends bien.

BERNAL

Vraiment, vous le comprenez? Comme vous êtes plus raisonnable que votre père!

MARIANA

Mais vous n'allez pas lui dire qu'il doit partir

là-bas pour y faire fortune! Vous savez quelle horreur il a de son intérêt.

BERNAL

Non, bien entendu, nous avancerons d'autres raisons, et elles ne manquent pas. Je le glisserai dans l'oreille à ces messieurs, dès leur arrivée : pas un mot de l'argent. Nul d'entre eux, d'ailleurs, ne sait que j'ai une attache personnelle dans cette affaire. Si nous échouons, il faudra bien que je lui parle dans le privé, et que je m'y ouvre en toute franchise.

MARIANA

De grâce, allez à pas comptés. En ce moment, il est particulièrement sombre. L'autre soir, je l'ai surpris dans sa chambre, qui s'était endormi auprès du brasero. Son visage était tout nouveau, plein de douleur; il avait la tête un peu inclinée sur l'épaule comme l'était celle du Christ en croix. Et il murmurait des paroles, il semblait gémir. Je me suis penchée, j'ai entendu les mots qu'il disait...

BERNAL

Et quels étaient-ils?

MARIANA

Il disait : « O Espagne! Espagne! »

SCÈNE III

MARIANA, DON BERNAL,
DON ALVARO DABO

BERNAL

Que de neige, mon ami! On peut à peine se frayer un chemin jusqu'à votre porte.

ALVARO

Savez-vous ce que me rappelle cette neige? Certaine scène d'une chanson de geste allemande. Un chevalier, de l'Ordre Teutonique je crois, se tient debout devant le pont-levis haussé d'un château fort. La tête basse, humblement, sous la neige qui tombe, il attend qu'on descende le pont-levis, car il vient payer la rançon de sa petite fille, retenue prisonnière dans le château. Les heures s'écoulent; on ajourne d'heure en heure de le recevoir; on le brocarde, la valetaille lui jette des boules de neige et des os rongés; et il attend toujours. Lui, le superbe, lui, le féroce, lui, la terreur de ses ennemis, il supporte tout, parce que c'est pour sa petite fille...

BERNAL

Et vous, mon ami, agiriez-vous ainsi, pour Mariana?

ALVARO

Certes!

BERNAL

Vraiment?

ALVARO

Certes!

BERNAL

Je m'en doutais bien, mais je suis content malgré tout de vous l'entendre dire.

Frappement du heurtoir à la porte d'entrée.

MARIANA

Vos amis arrivent.

ALVARO

Mes amis?

MARIANA

Les messieurs de l'Ordre.

ALVARO

Les messieurs de l'Ordre sont mes pairs, non mes amis. *(Mettant la main sur le bras de don Bernal.)* Lui excepté.

Exit Mariana.
Entre don Fernando de Olmeda.

SCÈNE IV

ALVARO, BERNAL
DON FERNANDO DE OLMEDA.
Puis, le MARQUIS DE VARGAS
et DON GREGORIO OBREGON, *ensemble.*
Puis, DON ENRIQUE DE LETAMENDI.

ALVARO

Je disais à don Bernal que cette neige me rappelait le chevalier Teutonique devant le château fort.

OLMEDA

Moi, la neige me rappelle toujours les neiges éernelles de la sierra Nevada qui nous dominaient tandis que nous entrions dans Grenade, il y a vingt-sept ans. Tout le ciel, en janvier, était un ciel bleu de juin, et on aurait dit, ces neiges, les linceuls de nos ennemis suspendus en plein ciel. Et nous pleurions de douceur, parce que l'Espagne était enfin l'Espagne.

ALVARO

Le soir de Grenade, j'ai contemplé Dieu dans son manteau de guerre. Il avait l'air d'un arbre auquel, après le combat, les combattants ont suspendu leurs épées.

BERNAL

Voici donc réunis les trois anciens du siège de Grenade, les trois qui ont participé à la grande action qui a rendu son indépendance à notre pays!

OLMEDA

Je ne comprendrai jamais pourquoi don Alvaro, après s'être couvert de gloire, à vingt ans, devant Baza, s'est retiré du métier des armes.

ALVARO

J'ai combattu deux années encore au Maroc. Mais... le Maroc...

OLMEDA

C'est là-bas, dit-on, que la veille de la prise de Tlemcen, vous avez prononcé cette parole étrange : « La victoire est assurée, mais elle ne vaut pas d'être remportée. »

ALVARO

Je ne me souviens pas. Cela est possible...

Après frappement du heurtoir, à l'entrée, entrent, ensemble, le marquis de Vargas et don Gregorio Obregon. Vargas boite. — Compliments.

OLMEDA

Il ne manque plus que don Enrique. J'ai remarqué que, aux rendez-vous, c'est d'ordinaire la jeunesse qui est en retard.

ALVARO

C'est bien naturel : la jeunesse retarde toujours un peu.

Heurtoir, puis entrée de don Enrique de Letamendi. — Compliments.

Ensuite les chevaliers, chacun d'eux debout devant sa chaise, autour de la table, se signent et récitent à haute voix le Veni Creator, *puis ils s'assoient.*

Un silence.

BERNAL

Je voudrais soumettre un vœu à don Alvaro et à nos compagnons présents ici. L'autre jour, un homme dont je tairai le nom, poursuivi par un pouvoir que je ne nommerai pas davantage, s'inquiétait devant moi où il pourrait trouver refuge. « Pourquoi pas dans tel couvent? » demandai-je. « Ils me livreraient », me répondit-il. C'est un mot si atroce qu'il m'empêcha de dormir de la nuit. Et j'ai pensé que je n'aurais la paix que lorsque je saurais qu'un fugitif qui sonne à l'huis d'un des couvents de l'Ordre, quelle que soit la raison pour laquelle il est poursuivi, aura la *certitude* qu'il y sera accueilli et protégé. Si vous pensez comme moi, faisons ce qu'il faut.

OBREGON

Je vais dans une quinzaine à Valladolid. J'y peux voir l'Archevêque, et insister pour qu'il agisse auprès des prieurs de nos maisons.

ALVARO

Vous ferez bien.

OBREGON

Pendant que je serai à Valladolid, une autre démarche me tente. Don Juan de Anchorena, chevalier de l'Ordre, s'est enfui d'Oran, où il était prisonnier sur parole du roi d'Oran. Que pensez-vous de cela?

ALVARO

Avait-il donné réellement sa parole?

OBREGON

Oui, de son aveu même.

ALVARO

Tout officier qui est prisonnier sur parole, et qui s'enfuit, si forte raison qu'il en puisse donner, n'est pas un homme d'honneur. Je propose que nous demandions au Roi de rayer Anchorena de l'Ordre.

LETAMENDI

Et si le Roi refuse?

ALVARO

C'est nous, de l'Ordre, non le Roi, qui fixons l'échelle des valeurs morales. Ce n'est pas au Roi, qui a dix-neuf ans, et qui n'est pas Espagnol, à dire où est le bien et où est le mal en Espagne. Un roi de dix-neuf ans, et imberbe! — Don Gregorio, nous signerons un placet au Roi, que nous vous remettrons.

OLMEDA

Je parle au nom de tous nos compagnons

réunis ici, qui sont avec moi dans ce que je vais dire et demander. — Trois d'entre nous partent pour le Nouveau Monde avec la flotte de Fuenleal, qui appareille le mois prochain. Don Gregorio Obregon, qui reprend le grade de maître de camp dans les troupes de débarquement, don Enrique de Letamendi, qui va mettre au service de Fuenleal sa jeune vaillance déjà éprouvée en Italie, enfin moi-même, qui n'ai plus les forces de combattre, mais qui m'arrêterai à Cuba, où le Roi a daigné me promettre la charge de gouverneur du Camaguey.

BERNAL

Je partirais moi aussi, si ma santé le permettait.

VARGAS

Et moi aussi, n'était cette misérable blessure.

OBREGON

Un jour, l'Espagne fut affreusement vaincue, envahie tout entière par les Mores. Tandis que la majorité de la population acceptait le joug de l'occupant, une poignée d'hommes de l'armée défaite, réfugiée dans la montagne, commençait contre les envahisseurs une lutte qui, gagnant pied à pied, au cours de huit siècles, aboutissait il y a vingt-sept ans à la libération totale du territoire. Le peuple avait poursuivi tout seul la libération, abandonné à lui-même, sans le secours de ses maîtres, et quelquefois trahi par eux. Cette même année 1492, où la puissance des Infidèles est abattue en Espagne, Colomb découvre San Salvador, et c'est encore une poignée d'Espagnols qui part à la conquête d'un empire, comme c'était jadis une poignée d'Espagnols qui avait été le noyau de la reconquête du sol natal. Oui, la même année! Le Dieu qui règne dans les cieux a voulu qu'il n'y eût pas le moindre trou dans cette grandiose continuité : l'anneau s'enchaîne à l'anneau. S'il y eut jamais quelque chose de sublime en ce monde, c'est cela.

OLMEDA

Venons au fait. Don Alvaro, vous que nous nommons si respectueusement et si affectueusement « le Maître de Santiago », ne pensez-vous pas qu'il y aurait honneur pour vous à nous accompagner aux Indes? Vous connaissez le proverbe : « Il y a toujours une croisade en Espagne. » La nouvelle croisade est là.

BERNAL

Et précisons tout de suite : pour l'homme que vous êtes il n'est pas question, bien entendu, de trafic d'or ou de perles, ou de terrains, ou d'esclaves : je sais que, fidèle à notre grande tradition chrétienne, plutôt que de commercer vous préféreriez, s'il le fallait, vivre d'aumônes. Dans l'expédition de Fuenleal, vous débarquez en soldat, l'épée à la main. Aussitôt qu'il se peut, vous devenez administrateur; j'en fais mon affaire; croyez-moi sur parole. Si — comme il serait très naturel — vous n'êtes plus d'humeur aujourd'hui à batailler, une charge peut vous être donnée sans coup férir dans une des régions anciennement conquises et pacifiées. Il m'est revenu qu'il va y avoir des vacances considérables à Cuba et à la Jamaïque...

ALVARO

Roule, torrent de l'inutilité!

BERNAL

Comment?

ALVARO

Je vous demande pardon, mais, dans toutes ces histoires de conquêtes, je me sens en plein ridicule.

LETAMENDI

On étouffe, à Avila...

ALVARO

Du fond des ruelles étroites, que les étoiles semblent belles!

VARGAS

La gloire ne vous manque-t-elle pas, vous qui l'aviez si claire jadis?

ALVARO

Si j'avais eu jamais quelque renommée, je dirais d'elle ce que nous disons de nos morts : « Dieu me l'a donnée. Dieu me l'a reprise. Que sa volonté soit faite. » Je n'ai soif que d'un immense retirement.

VARGAS

Voilà qui rend difficile notre tâche.

ALVARO

Oui, je sais quelle gêne un homme qui n'a nulle ambition peut causer dans une société.

OBREGON

Nulle ambition, et dans la force de l'âge... Mais, alors, que faites-vous de votre vie?

ALVARO

J'attends que tout finisse.

VARGAS

Vivre obscur, quand il ne tient qu'à soi de resplendir... Un homme qui ne se fait pas valoir décourage ceux qui lui veulent du bien. Ce n'est pas à moi à vanter l'excellence d'Un Tel, s'il ne le fait pas un peu lui-même.

ALVARO

J'aime d'être méconnu.

OLMEDA

Si votre gloire vous pèse, il y a celle de l'Ordre, qui est engagé là-bas dans une guerre sainte.

ALVARO

Une guerre sainte? Dans une guerre de cette espèce, la cause qui est sainte, c'est la cause des indigènes. Or, la chevalerie est essentiellement la défense des persécutés. Si j'allais aux Indes, ce serait pour protéger les Indiens, c'est-à-dire, selon vous, pour « trahir ». Sans doute connaissez-vous l'histoire de ce soldat espagnol qui a été pendu comme traître, parce qu'il avait donné des soins à un Indien blessé [1]. Cela est encore pire que les pires cruautés.

OLMEDA

Nombre de chevaliers de l'Ordre sont là-bas — dont Hernando Cortez, dont Pizarro... — qui sans doute n'ont pas pensé comme vous.

LETAMENDI

Et il est notoire qu'en certaine rencontre notre saint patron lui-même, Monseigneur Saint Jacques, est apparu aux Espagnols, monté sur son cheval blanc.

ALVARO

Oui, je sais que c'est au cri de « Santiago! » que l'on commet les plus odieuses infamies. Je sais que lorsque Ovando attira dans un guet-apens l'innocente et confiante reine des Indiens de Xaragua, qui ne nous voulait que du bien, le signal du forfait fut qu'il portât la main sur sa décoration de chevalier d'Alcantara, qui représentait Dieu le Père [2] : la Reine fut pendue et les caciques brûlés vifs. Ce que notre chevalerie couvre, au Nouveau Monde, il n'y a

1. Historique.
2. Historique.

pas de mots assez forts pour dire le haut-le-cœur que j'en ai.

OBREGON

Les grandes idées ne sont pas charitables.

VARGAS

Comment ne déplorerait-on pas des excès, quand une poignée d'hommes en doit mater des milliers?

ALVARO

Mais quel besoin de les mater?

OBREGON

La gloire de l'Espagne...

ALVARO

La gloire de l'Espagne a été de réduire un envahisseur dont la présence insultait sa foi, son âme, son esprit, ses coutumes. Mais des conquêtes de territoire? Cela est tellement puéril... Et tellement absurde. Vouloir changer quelque chose dans des territoires conquis, quand il est si urgent de réformer la patrie elle-même, c'est comme vouloir changer quelque chose dans le monde extérieur, quand tout est à changer en soi. Et tellement vain. Les princes s'occupent à gagner de nouvelles possessions, qu'ils ne sauront pas comment administrer, ni comment défendre, qui, loin de leur donner de la force, les affaibliront, et qu'enfin ils perdront piteusement, après en avoir reçu un comble d'ennuis. Car nous perdrons les Indes. Les colonies sont faites pour être perdues. Elles naissent avec la croix de mort au front.

OLMEDA

Vous oubliez que des milliers, des millions d'Indiens brûleraient pour l'éternité en enfer, si les Espagnols ne leur apportaient pas la foi.

ALVARO

Mais des milliers d'Espagnols brûleront pour l'éternité en enfer, parce qu'ils seront allés au Nouveau Monde.

OLMEDA

Que dites-vous!...

ALVARO

Tout ce qui a trait au Nouveau Monde est impureté et ordure. Le Nouveau Monde pourrit tout ce qu'il touche. Et l'horrible maladie que nos compatriotes rapportent de là-bas n'est que le symbole de cette pourriture. Plus tard, quand on voudra honorer un homme, on dira de lui : « Il n'a pris part en rien aux affaires des Indes. »

OLMEDA

Don Alvaro!

LETAMENDI

Vous nous offensez!

ALVARO

Par la conquête des Indes se sont installés en Espagne la passion du lucre, le trafic de tout et à propos de tout, l'hypocrisie, l'indifférence à la vie du prochain, l'exploitation hideuse de l'homme par l'homme. Les Indes sont le commencement du crépuscule de l'Espagne.

OBREGON

Retirons-nous. Notre place n'est plus ici.

VARGAS

Avouez-le donc : vous l'attendez, cette heure où l'Espagne sera au désespoir.

ALVARO

Mais oublions la cause du mal. D'où qu'il provienne, il y a un état de l'Espagne auquel je veux avoir le moins de part possible. L'Espagne est ma plus profonde humiliation. Je n'ai rien à faire dans un temps où l'honneur est puni, — où la générosité est punie, — où la charité est punie, — où tout ce qui est grand est rabaissé et moqué, — où partout, au premier rang, j'aperçois le rebut, — où partout le triomphe du plus bête et du plus abject est assuré. Une reine, l'Imposture, avec pour pages le Vol et le Crime, à ses pieds. L'Incapacité et l'Infamie, ses deux sœurs, se donnant la main. Les dupeurs vénérés, adorés par leurs dupes... Est-ce que j'invente? Rappelez-vous la parole du roi Ferdinand sur son lit de mort : « Nos contemporains, qui chaque jour dégénèrent... »

VARGAS

Toutes les époques ont parlé ainsi d'elles-mêmes.

OBREGON

La chevalerie dans son plus haut moment, c'est-à-dire au XIIe siècle, était alors même une chose à réformer.

ALVARO

Il est vrai : tout, et toujours, est une chose à réformer.

VARGAS

Chrétien comme vous l'êtes, allez donc au bout de votre christianisme. Il y a trois mille ans que des nations périssent. Trois mille ans que des peuples tombent en esclavage. Le chrétien ne peut pas prendre tout à fait au tragique ces malheurs-là. Si vous êtes conséquent, il n'y a qu'une patrie, celle que formeront les Élus.

ALVARO

Je garde l'autre pour en souffrir.

BERNAL

Vous condamnez votre temps comme le font les très vieux hommes. Vous n'avez pas cinquante ans, et vous parlez comme si vous en aviez quatre-vingts. Et vous exagérez beaucoup. Si vous participiez davantage aux événements, si vous étiez plus informé de ce qui se passe...

ALVARO

J'en sais assez. Chaque fois que je pointe la

tête hors de ma coquille, je reçois un coup sur la tête. L'Espagne n'est plus pour moi que quelque chose dont je cherche à me préserver.

BERNAL

Oui, mais, à force de vous retrancher, le monde vous apparaît déformé par votre vision particulière. Ensuite vous rejetez une époque, faute de la voir comme elle est.

OBREGON

Debout sur le seuil de l'ère nouvelle, vous refusez d'entrer.

ALVARO

Debout sur le seuil de l'ère nouvelle, je refuse d'entrer.

VARGAS

Mettons que ce soit héroïsme de consentir à être seul, par fidélité à ses idées. Ne serait-ce pas héroïsme aussi de jouer son rôle dans une société qui vous heurte, pour y faire vaincre ces idées qui, si elles ne s'incarnent pas, demeureront plus ou moins impuissantes?

BERNAL

Et puis, ce qui est humainement beau, ce

n'est pas de se guinder, c'est de s'adapter; ce n'est pas de fuir pour être vertueux tout à son aise, c'est d'être vertueux dans le siècle, là où est la difficulté.

ALVARO

Je suis fatigué de ce continuel divorce entre moi et tout ce qui m'entoure. Je suis fatigué de l'indignation. J'ai soif de vivre au milieu d'autres gens que des malins, des canailles, et des imbéciles. Avant, nous étions souillés par l'envahisseur. Maintenant, nous sommes souillés par nous-mêmes; nous n'avons fait que changer de drame. Ah! pourquoi ne suis-je pas mort à Grenade, quand ma patrie était encore intacte? Pourquoi ai-je survécu à ma patrie? Pourquoi est-ce que je vis?

BERNAL

Mon ami, qu'avez-vous? Vous ne nous avez jamais parlé de la sorte!

ALVARO

Le collier des chevaliers de Chypre était orné de la lettre S, qui voulait dire : « Silence. » Aujourd'hui, tout ce qu'il y a de bien dans notre pays se tait. Il y a un Ordre du Silence :

de celui-là aussi je devrais être Grand Maître. Pourquoi m'avoir provoqué à parler?

OLMEDA

Faites-vous moine, don Alvaro. C'est le seul état qui vous convienne désormais.

ALVARO

Je ne sais en effet ce qui me retient, sinon quelque manque de décision et d'énergie.

OBREGON

Et j'ajoute qu'il y a plus d'élégance, quand on se retire du monde, à s'en retirer sans le blâmer. Ce blâme est des plus vulgaires!

ALVARO

Savez-vous ce que c'est que la pureté? Le savez-vous? *(Soulevant le manteau de l'Ordre suspendu au mur au-dessous du crucifix :)* Regardez notre manteau de l'Ordre : il est blanc et pur comme la neige au-dehors. L'épée rouge est brodée à l'emplacement du cœur, comme si elle était teinte du sang de ce cœur. Cela veut dire que la pureté, à la fin, est toujours blessée, toujours tuée, qu'elle reçoit toujours le coup de lance que reçut le cœur de Jésus sur la croix. *(Il baise le bas du manteau. Après un petit temps d'hésitation, Olmeda, qui est le plus proche du manteau, en baise lui aussi le bas.)* Oui, les valeurs nobles, à la fin, sont toujours vaincues; l'histoire est le récit de leurs défaites renouvelées. Seulement, il ne faut pas que ce soit ceux mêmes qui ont pour mission de les défendre, qui les minent. Quelque déchu qu'il soit, l'Ordre est le reliquaire de tout ce qui reste encore de magnanimité et d'honnêteté en Espagne. Si vous ne croyez pas cela, démettez-vous-en. Si nous ne sommes pas les meilleurs, nous n'avons pas de raison d'être. Moi, mon pain est le dégoût. Dieu m'a donné à profusion la vertu d'écœurement. Cette horreur et cette lamentation qui sont ma vie et dont je me nourris... Mais vous, pleins d'indifférence ou d'indulgence pour l'ignoble, vous pactisez avec lui, vous vous faites ses complices! Hommes de terre! Chevaliers de terre!

OBREGON, *bas, à Vargas.*

Il dit tout cela parce qu'il n'est pas très intelligent.

ALVARO

Avant la prise de Grenade, il y avait à la Frontera, au sommet d'un pic, un château fort où les jeunes chevaliers accomplissaient leur noviciat. C'est là que pour la dernière fois j'ai entendu le chant de l'Oiseau. Nul ne l'entendra plus jamais.

LETAMENDI

Quel oiseau?

ALVARO

Le chant de la Colombe ardente, qui nous inspire ce qu'il faut dire ou faire pour ne pas démériter.

VARGAS

Ce n'est pas avec la prise de Grenade, c'est il y a cent ans, et d'Italie, que nous est venu un esprit de choses nouvelles...

OBREGON

Le chevalier de l'an 1519 ne peut pas être le chevalier de l'an mille. Il n'y a plus de gnomes ni de monstres.

ALVARO

Il y a encore des monstres. Jamais il n'y en eut tant. Nous en sommes pressés, surplombés, accablés. Là... là... là... Malheur aux honnêtes!

BERNAL

Messieurs, remettons...

ALVARO, *au comble de l'exaltation.*

Malheur aux honnêtes! Malheur aux honnêtes!

BERNAL

Remettons à une autre fois la fin de ce conseil...

ALVARO, *tout à coup déprimé.*

Malheur aux honnêtes... Malheur aux meilleurs...

Vargas et Obregon se retirent rapidement et raidement.

BERNAL, *à Alvaro.*

Il faut que je vous parle dans le privé, mon ami. Pouvez-vous me recevoir demain?

ALVARO

Venez à la seizième heure.

BERNAL

A demain donc, si Dieu veut.

ALVARO

A demain, si Dieu veut.

Exit don Bernal.

SCÈNE V

ALVARO, LETAMENDI, OLMEDA

LETAMENDI

Je suis troublé...

ALVARO

Pourquoi êtes-vous troublé?

LETAMENDI

Je me demande si je dois partir.

ALVARO

Mais oui, il faut partir.

LETAMENDI

Après ce que vous avez dit?

ALVARO

Partez. Cela vous fait envie, et vous avez

dix-neuf ans. Quand on a dix-neuf ans, on finit toujours par faire ce dont on a envie.

LETAMENDI

Vous me dédaignez! Vous n'avez pas le droit de me dédaigner ainsi!

ALVARO

Pas le droit! Vous décidez de mes droits!

LETAMENDI

Non, je ne resterai pas dans cette ville effroyable, ce tombeau des tombeaux. Mais il faudra partir maintenant avec le cœur incertain et inquiet. Vous avez brisé toute ma joie. Êtes-vous sûr au moins d'être dans le vrai, pour m'agiter ainsi?

ALVARO

Oui, je suis sûr d'être dans le vrai.

LETAMENDI

Ah! vous me désespérez!

ALVARO

C'est ce que je veux. *(Exit Letamendi, avec un geste de désarroi.)* Jeunesse: temps des échecs.

SCÈNE VI

ALVARO, OLMEDA

OLMEDA

Moi aussi, vous allez me dire de partir?

ALVARO

Est-ce donc que vous aussi vous hésitez?

OLMEDA

Le plus jeune et le plus vieux d'entre nous, vous les avez ébranlés. Ah! vous êtes bien le Maître de Santiago.

ALVARO

Je ne suis le maître de qui ni de quoi que ce soit. Je suis le serviteur des serviteurs de Dieu.

OLMEDA

Pourquoi avez-vous engagé ce garçon à partir?

ALVARO

Parce que, lui, cela n'a aucune importance. Les jeunes gens n'ont l'audace de rien, ni le respect de rien, ni l'intelligence de rien. A eux les expéditions maritimes, c'est bien ce qu'il leur faut. Mais les hautes aventures sont pour les hommes de notre âge, et les hautes aventures sont intérieures. Vous, Olmeda, restez!

Olmeda a un élan vers don Alvaro. Les deux hommes s'embrassent en silence.

Exit Olmeda.

SCÈNE VII

ALVARO, *seul.*

ALVARO

O mon âme, existes-tu encore? O mon âme, enfin toi et moi!

ACTE II

La devise *Unum Domine*, prêtée ici par l'auteur au personnage de D. Alvaro Dabo, est la devise de la famille suisse, d'origine vénitienne, Micheli, dite plus tard Micheli du Crest.

Même décor.

Mais, au-delà de la fenêtre grillée, la neige ne tombe plus. Et on voit une des tours massives du rempart ceinturant Avila, dans l'air d'un gris très limpide qui est propre à cette cité.

SCÈNE PREMIÈRE

ALVARO, BERNAL

Durant cette scène, des poules entrent de temps en temps dans la pièce, et viennent picorer on ne sait quoi entre les pieds de don Alvaro et de don Bernal.

BERNAL

... En ce moment, c'est au père que je m'adresse.

ALVARO

Mariana est ce que j'aime le plus au monde.

BERNAL, *souriant.*

Plus que votre cheval?

ALVARO, *sérieux.*

Bien plus que mon cheval.

BERNAL

Mariana vous livre-t-elle un peu de sa vie intérieure?

ALVARO

Assez pour que je sache qu'elle craint Dieu. Encore qu'elle ne me parle pas de lui autant que je le souhaiterais.

BERNAL

Peut-être par pudeur. Aussi bien, je ne pensais pas à sa vie religieuse, mais à sa vie sentimentale... Depuis son retour d'Italie et son séjour à Valladolid, Jacinto n'a vu que trois fois Mariana, mais il a conçu pour elle une admiration tendre, que doña Isabelle et moi nous approuvons. Et je crois que Mariana, de son côté, est... enfin, n'a pas... *(Silence.)* Elle ne vous a rien dit?

ALVARO

Elle sait que je suis sans compétence aucune dans ces sortes d'affaires-là.

BERNAL

Si je suis venu vous entretenir de ce double sentiment, c'est que nous avons pensé, doña

Isabelle et moi, qu'il pouvait ne pas rester sans issue. *(Silence.)* Vous êtes bien taciturne.

ALVARO

Tant de choses ne valent pas d'être dites. Et tant de gens ne valent pas que les autres choses leur soient dites. Cela fait beaucoup de silence.

BERNAL

Il me semble que notre projet n'a pas l'air de vous agréer.

ALVARO

Vous me prenez au dépourvu.

BERNAL

Enfin, mon cher ami, ne vous êtes-vous pas aperçu de cette inclination de votre fille?

ALVARO

Mettons que je ne m'en suis pas aperçu parce que je ne voulais pas m'en apercevoir.

BERNAL

Elle vous déplaît donc?

ALVARO

Les attachements me déplaisent.

BERNAL

N'avez-vous jamais songé à l'avenir de Mariana?

ALVARO

Pour chercher à établir Mariana, il aurait fallu que je me perdisse. En soucis de société et en gaspillage de temps. Je ne l'ai pas voulu. J'ai pensé que Dieu me compterait d'avoir voulu ne pas me perdre, et qu'il pourvoirait lui-même à cet établissement. Et c'est ce qui est arrivé, puisque vous voici. Si votre proposition permet qu'un tel mariage se fasse sans que j'aie à m'en occuper, c'est le Ciel qui vous envoie.

BERNAL

Il n'y a pas que vous, il y a le bonheur de nos enfants. Et ne convient-il pas que j'y pense pour deux? Car cet objet paraît ne vous préoccuper guère.

ALVARO

Mariana sera heureuse. Ma maison n'est pas

gaie. Et, moi aussi, peut-être serai-je plus heureux, quand elle n'y sera plus.

BERNAL

Vraiment!

ALVARO

Vous ne savez pas à quel point je suis affamé de silence et de solitude : quelque chose de toujoùrs plus dépouillé... Tout être humain est un obstacle pour qui tend à Dieu. Les mouvements que Dieu me fait la grâce de mettre en moi, je ne puis les percevoir que dans une abstraction complète, comme ceux qui écoutent la musique les yeux fermés. Ce qu'il me faudrait, ce sont des journées vides, si vides... Tout ce qui y entrerait, et l'amitié même, et l'affection surtout, n'y entrerait que pour les troubler.

BERNAL

Mariana...

ALVARO

Je l'entendais marcher; il arrivait qu'elle chantât... Elle me lassait souvent, et m'impatientait à l'occasion : la vitalité est quelquefois un don bien redoutable. Et puis, il est lourd d'avoir une fille, en un temps où tout ce qu'on peut pour elle est de la protéger. Oui, toute l'éducation réduite, sans plus, à la protéger contre ce qu'on voit, contre ce qu'on lit, et contre ce qu'on entend.

BERNAL

Vous cherchez à l'isoler?

ALVARO

Tantôt à l'isoler, et tantôt à ne l'isoler pas. Comme les Spartiates montraient à leurs fils un ilote ivre, il arrive que je lui montre mon pays, pour qu'elle voie ce qu'elle ne doit pas être.

BERNAL

On lui a bien enseigné, je pense, quelques petites choses...

ALVARO

Elle a une bonne pratique des livres saints. Je lui ai appris aussi un peu d'histoire : elle saura comment les empires meurent.

BERNAL

En somme, Mariana est une fausse note dans

la vie que vous vous êtes créée. Il me semble que, fillette, elle vous donnait plus de joie.

ALVARO

Elle me dégradait aussi.

BERNAL

Elle vous dégradait!...

ALVARO

Les enfants dégradent. Nous ne nous voyions qu'aux repas, et de chacun de ces repas je sortais un peu diminué. Jeune fille, sa vie est devenue quelque chose qu'il fallait prendre au sérieux, et qui cependant ne m'intéressait pas.

BERNAL

Qui ne vous intéresse pas, et vous intéresse assez peut-être pour que vous soyez agacé que cela vous échappe.

ALVARO

Agacé? Non. Fatigué. L'effort que je faisais, par charité pour elle, pour paraître m'intéresser à cette vie si étrangère à la mienne, m'épuisait.

BERNAL

Encore la charité!

ALVARO

Tout ce qui se passe dans cette petite tête... Ensuite, je n'ai plus cherché à le pénétrer, persuadé d'ailleurs que bientôt cela changerait, et que ma recherche aurait été superflue.

BERNAL

Savez-vous que Mariana se plaint doucement qu'avec elle vous ne parliez jamais de choses sérieuses?

ALVARO

Je ne lui parle pas de choses sérieuses parce qu'elle est incapable de les entendre. Pourriez-vous prier, si vous saviez de certitude que Dieu ne vous comprend pas?

BERNAL

Un peu plus d'amour arrangerait tout cela.

ALVARO

Avec un peu plus d'amour je voudrais la diriger, je m'irriterais lorsqu'il me semblerait qu'elle est dans la mauvaise voie, ou inférieure à ce que j'attends d'elle. Au contraire, l'aimant raisonnablement, je ne lui demande rien, ne lui reproche rien, nous ne nous heurtons jamais. Et puis, mon cher ami, vous l'avez vu hier, je ne suis pas de ceux qui aiment leur pays en dépit de son indignité : j'aime l'Espagne en proportion de ses mérites, exactement comme je ferais pour un pays étranger. De même, que Mariana soit ma fille ne me rendra jamais exagéré en sa faveur. Allez, allez, loin l'un de l'autre, nous serons à la fois plus heureux et meilleurs.

BERNAL

Quel tableau vous me faites! Dites donc, d'un mot, que vous ne pouvez pas supporter sa jeunesse. — Si Dieu veut, elle aura demain une maison où son chant fera jaillir dans chaque âme une touffe de fleurs. Si Dieu veut, c'est-à-dire si mon rêve se réalise. Car maintenant il va falloir que je vous parle avec une franchise brutale. Je le ferai, en songeant à une expression que j'ai trouvée dans une de nos vieilles chroniques. Un noble y parle au nom de l'ordre de la noblesse, et il dit : « Nous autres véridiques... » Oui, nous autres nobles, c'est à nous d'être véridiques, simplement parce qu'il est au-dessous de nous de prendre la peine d'inventer des mensonges.

ALVARO

Dans toute l'année qui vient de finir, je n'ai menti que quatre fois.

BERNAL

Ma franchise, en l'occurrence, a ses risques. Car je sais, par notre conseil d'hier, combien il est facile de vous irriter.

ALVARO

Je suis sévère pour ceux qui offensent mes principes, même quand ils sont de mes amis. Et indulgent pour ceux qui m'offensent en tant qu'homme. Si je tenais mon pire ennemi entre mes mains, je le relâcherais sans lui faire de mal.

BERNAL

Par charité? Ou par dédain?

ALVARO

Par tout ce que vous voudrez.

BERNAL

Encore une fois, vous êtes prévenu; je vais vous déplaire. — Voici. — Vous n'ignorez pas quel est notre état. Le seul héritage, quasiment, que j'ai reçu de mes parents est l'honneur. Pour le reste... Et je dois vous dire que mon ennui a moins été de n'avoir pas d'argent, que d'avoir conscience que je n'étais pas assez habile pour en gagner. Le roi Ferdinand ne m'aimait guère. Notre maison a toujours décliné, jusqu'à l'avènement du roi Charles, et à l'entrée de Jacinto au Conseil des Indes, qui nous ont rouvert la porte de l'espérance. Jacinto, dans sa charge, se pousse avec beaucoup de bonheur, mais il y faut une dépense épuisante, et plus il y grandira, plus il y dévorera. Comment soutenir cette carrière qui s'annonce si brillante? Le Nouveau Monde, où Jacinto est en place pour avoir demain un sensible pouvoir? Moi, ma santé m'interdit d'y aller; il n'en est pas question. Lui, toute sa fortune est attachée à sa présence ici; à Valladolid il tient la main sur les hommes et sur les affaires; pour rien il n'en doit démordre; c'est de Valladolid qu'il tire sa vie, et il périrait à le quitter. Conclusion : il faut que Jacinto épouse une fille riche. Et de là, ce que nous vous demandions hier pour telle et telle raison, je vous le demande aujourd'hui d'homme à homme, d'ami à ami, de père à père. Allez passer seulement deux ans, seulement un an, au Nouveau Monde, vous en revenez riche. Dans une charge telle que celles auxquelles je songe pour vous, par les moyens les plus honnêtes, et comme s'il vous tombait du ciel, l'or afflue entre vos mains. Herrera, Contreras, Luzan, dans des postes semblables ont fait fortune en dix-huit mois. Il y a de notables gratifications...

ALVARO

Je vous demande pardon... Est-ce que c'est bien à moi que vous parlez en ce moment?

BERNAL

Je suppose que ce mot de *gratifications* vous a heurté. Cela est absurde! Herrera, Contreras sont des hommes d'une haute valeur morale, contre lesquels personne...

ALVARO

Dire que ce sont mes amis surtout qui sont acharnés pour que je me salisse. — Ne continuez pas. Je n'irai pas au Nouveau Monde.

BERNAL

Même pas pour votre fille?

ALVARO

Ainsi, ce que je suis aux yeux de Dieu, ce

que je suis à mes propres yeux, devrait être compromis, devrait être ruiné à cause de quelque chose qui n'existe que par un de mes instants de faiblesse! Jamais!

BERNAL

Quelque chose qui n'existe que par... Est-ce ainsi que vous nommez votre enfant? Ah! Alvaro, quel homme êtes-vous donc!

ALVARO

Puissé-je être ce misérable que vous pensez; puissent vos humiliations frapper juste! Mais non, hélas, je suis l'homme que tous devraient être.

BERNAL

Olmeda avait raison quand il me parlait hier soir de votre « cruauté ».

ALVARO

Olmeda, qui a soixante-deux ans, et qui s'occupe de faire le gouverneur, au lieu de s'occuper de faire une bonne mort, se révèle frivole.

BERNAL

Vous sacrifiez votre enfant à vous-même, à vous-même et à rien d'autre que vous-même!

ALVARO

Race de la rigueur, que vous êtes malheureuse!

BERNAL

Malheureuse lorsqu'elle se voit jugée, elle qui juge toujours.

ALVARO

Dieu est le seul juge que je me reconnaisse, et j'adore l'arrêt qu'il fera de moi avec tremblement et tranquillité.

BERNAL

Vous vous êtes réfugié dans la charité. S'il vous fallait agir, ce qui s'appelle agir, vous vous crotteriez comme les autres.

ALVARO

Seul un principe surnaturel peut me permettre d'avoir de la bienveillance pour mes compatriotes.

BERNAL

Y compris votre fille!

ALVARO

Au siècle dernier encore, un chevalier devait

placer son fils, enfant ou adolescent, dans la maison d'un autre chevalier, afin de n'être pas enchaîné par la tendresse paternelle. Je ne veux pas de cette chaîne-là.

BERNAL

Est-ce que le chevalier Teutonique, devant le pont-levis du château, n'acceptait pas tout pour sauver sa petite fille?

ALVARO

Il acceptait des blessures. Il n'aurait pas accepté de ternissure.

BERNAL

Votre chevalerie vous égare. Vous êtes un de ces esprits charmés de leurs propres rêves, qui peuvent devenir si dangereux pour une société.

ALVARO

Vous, pour la première fois de votre vie, vous me parlez argent, et c'est à cause de votre fils. Je serai brutal à mon tour : vous ne le cédez que contre son pesant d'or. Et moi, je devrais me parjurer à cause de ma fille. Voilà donc à quoi nous servent nos enfants! Je l'avais toujours pressenti. Mais je ne pensais pas en recevoir jamais une preuve aussi éclatante.

BERNAL

Vous me reprochez de vous parler argent. Mais je tiens que se piquer de ne parler jamais argent est une fausse élégance, et marque de bourgeoisie. Ce que je connais du meilleur nom est des plus francs sur ses intérêts.

ALVARO

Je ne sais quel cacique, interrogé qui était le dieu des Espagnols, a montré du doigt une pépite d'or. Et quand on a vu le Roi lui-même, par menace ou violence, voler les biens de nos quatre Ordres, on ne s'étonne plus qu'aujourd'hui le monde soit aux impudents.

BERNAL

Comme si, bien avant Grenade, on n'aimait pas l'or!

ALVARO

On aimait l'or parce qu'il donnait le pouvoir et qu'avec le pouvoir on faisait de grandes choses. Maintenant on aime le pouvoir parce qu'il donne l'or et qu'avec cet or on en fait de petites.

BERNAL

A tort et à travers vous simplifiez tout cela.

ALVARO

J'ai été élevé à apprendre qu'il faut volontairement faire le mauvais marché. Qu'il ne faut pas se baisser pour ramasser un trésor, même si c'est de votre main qu'il s'est échappé. Qu'il ne faut jamais étendre le bras pour prendre quelque chose. Que c'est cela, et peut-être cela plus que tout, qui est signe de noblesse. J'ai la douleur d'entendre dire qu'à l'heure où l'aigle du roi Charles n'a de serres que pour aller chercher de l'or, fût-ce dans des entrailles humaines, c'est chez les Indiens qu'on retrouve cette haute et sainte indifférence à l'égard des choses d'ici-bas.

BERNAL

Il ne faut pas céder son bien avec trop de facilité; il y a là autant d'amour de soi que si on le disputait âprement. Et puis, celui qui n'aime pas l'argent est méprisé. C'est ainsi.

ALVARO

Pour moi, il y a quinze ans que Dieu m'a fait cette grâce particulière, de me rendre pauvre.

Mais ce n'est rien; je veux être plus pauvre encore. Non, vous ne me ravirez pas ma pauvreté! Déjà je vis dans une distraction perpétuelle de l'unique nécessaire. Et il faudrait que je passe du temps — un temps qui pourrait être employé aux affaires de mon âme — dans les soucis répugnants d'une fortune à administrer! Je ne veux pas qu'on me dépouille de mon âme. Je ne veux pas être riche, vous entendez? Je ne veux pas être riche! J'aurais trop honte.

BERNAL

Eh! crevez de faim si bon vous semble. Mais Mariana?

ALVARO

Si Mariana et votre fils ont entre eux ce sentiment que vous dites, qu'ils se marient tels qu'ils sont. Ils seront pauvres, mais le Christ leur lavera les pieds.

BERNAL

Ils seront pauvres : la question est facilement réglée!

ALVARO

Vous qui me reprochez de n'aimer pas comme

il faut Mariana, vous voudriez que je lui donne la richesse, ce péché!

BERNAL

La richesse en soi n'est pas un péché.

ALVARO

Quand j'agis ou réagis en chrétien, je devrais être entendu de milliards d'hommes. Mais c'est alors que je ne suis entendu de personne. Parfois il me semble que tout ce qui se passe en moi se passe si loin de toute compréhension humaine...

BERNAL

Vous ne pouvez exiger de tous les êtres qu'ils se satisfassent d'un absolu qui n'est fait que pour quelques-uns.

ALVARO

Je ne tolère que la perfection.

BERNAL

Moi, j'ai été riche pendant trois années à peu près. De l'argent que m'a rapporté la vente de mes terres à Juncas. Vous ne savez pas comme c'est bon, d'avoir beaucoup d'argent; comme cela pacifie! comme cela rend solide! quelle confiance en soi cela donne! comme enfin on peut être soi-même! Accoté au fort argent, c'est alors qu'on peut tout à son aise être versatile, être insolent, avoir tort, que sais-je! Mais cela permet aussi la patience, le travail bien fait, la magnanimité, la constance dans les épreuves morales, toutes les vertus de l'âme. — Tenez, par exemple, cette charité que vous aimez tant : la charité, pour être diligente, a besoin d'être bien nourrie. — Ah! mon cher ami, être millionnaire, comme cela vous permet de prendre de la hauteur!

ALVARO

Moi, comme vous, quand mon père mourut, le notaire m'apprit que j'étais soudain possesseur d'une somme qui, faible pour beaucoup d'autres, pour moi était assez importante. Quel fut alors mon sentiment? Mon sentiment unique fut la tristesse. Je pensai : « Dire qu'il y a des gens qui travaillent dix années pour gagner ce que je viens de gagner en une minute. » Pendant deux ans, je reçus ainsi plusieurs fois des sommes non négligeables, et chaque fois j'en avais cette même gêne, et presque de l'accablement. Devant le sac d'écus, je me disais : « Qu'en faire, grand Dieu? » Je les ai donnés aux maisons de l'Ordre.

BERNAL

Et jamais l'idée ne vous est venue de les placer pour en faire la dot de Mariana? Non, cela, ce n'eût été qu'un mouvement naturel. Vous, il vous fallait le surnaturel, il vous fallait la charité. Ne pas donner à son enfant, mais donner à de pauvres idiots qui vous haïssent de leur avoir donné!

ALVARO

La charité n'a de sens que si elle est payée de cette haine.

BERNAL

Ah! vous me la faites vomir, la charité.

ALVARO

Et vous, vous me les faites vomir, les mouvements que vous appelez naturels. La charité m'est comptée devant Dieu. Mais est-ce qu'il m'est compté devant Dieu de thésauriser pour mes héritiers, qui après tout n'ont pas besoin d'être plus riches que je ne le fus? Si j'étais mort il y a cinquante ans, mes biens seraient revenus à l'Ordre; alors c'était la règle. Il n'y a de famille que par l'élection et l'esprit; la famille par le sang est maudite. Nous, de l'Ordre, nous sommes une famille...

BERNAL

Il n'y a plus d'Ordre, Alvaro, vous le savez bien.

ALVARO

Je le sais. — Mais non : s'il n'existait que dans un cœur, l'Ordre existerait encore. Et voici que des filles, des fils viennent se faufiler en intrus dans notre congrégation. A grand-peine on s'élevait un peu; ils arrivent, ils nous rabattent, nous retiennent âprement à la terre. La trahison est toujours sous notre toit, et pas seulement à la cuisine, comme on le dit. *(Appelant :)* Mariana!

BERNAL

De grâce, pas d'éclat! Qu'allez-vous lui dire?

ALVARO

Peut-être est-il bon que vous sachiez comme certains pères croient qu'ils doivent traiter leurs enfants.

BERNAL

Ah! je suis fatigué de vous entendre nous donner des leçons.

ALVARO

Dans les contes marocains, il y a un personnage classique : le père qui médite de faire tuer sa fille, parce qu'il la voit amoureuse.

BERNAL

Est-ce que vous êtes fou!...

SCÈNE II

ALVARO, BERNAL, MARIANA

ALVARO

On me dit que vous avez pris je ne sais quel sentiment pour le fils de don Bernal. Et vous avez cela dans une pièce de ma maison, à quelques pas de moi! Sachez que j'ai horreur de ce genre. Bien entendu, vous croyez sans doute que vous êtes seule au monde à aimer, que vous contenez l'univers, etc... Cependant qu'est-ce que vous êtes? Vous êtes une petite singesse, rien de plus. Et tout cet amour entre hommes et femmes est une singerie. Sachez que vous êtes enfoncée en pleine grimace, en plein ridicule, et en pleine imbécillité.

BERNAL

Alvaro! N'avez-vous pas honte! Vous n'avez pas toujours renié la nature... Ne l'outragez donc pas ainsi, dans ce qui devrait vous être sacré par-dessus tout au monde.

ALVARO

Mariana, si je vous ai brusquée, pardonnez-moi. Mais vous me blessez au plus sensible. Je m'efforce de mener une vie un peu haute. Et c'est vous qui me perdez! Vous, qui devriez me soutenir, c'est vous ma pierre d'achoppement!

MARIANA

Mon père, je ne veux que ce que vous voulez. Comment pourrais-je vous perdre?

ALVARO

Si vous aviez pressenti une fois seulement ce qu'est la face de Dieu, vous détourneriez la tête dans la rue pour ne pas voir la face d'un homme. *(A Bernal :)* Restez avec elle, et consolez-la, vous qui aimez de jouer les pères (mais être père d'une fille est-il être père?). Quant à moi, je vous le répète : je n'irai pas au Nouveau Monde, — jamais! A moi cela me plaît ainsi. Et c'est ainsi que cela plaît à Dieu. Voilà qui suffit.

BERNAL

Un jour, n'est-ce pas? vous m'avez dit : « Quand vous hésitez entre plusieurs voies, prenez toujours la plus douloureuse. »

ALVARO

Que deviendrais-je, ô Dieu! si je ne souffrais pas?

BERNAL

Oui, seulement vous choisissez toujours, en définitive, la voie qui vous plaît.

SCÈNE III

BERNAL, MARIANA

BERNAL

Ne vous frappez pas, Mariana, et écoutez. Présentement se trouve à Avila, pour quelques jours, un puissant personnage, le comte de Soria. Vous le connaissez bien de nom, n'est-ce pas? *(Signe de tête négatif de Mariana.)* O pareille à votre père, qui ne savez jamais rien de ce qui se passe! Le comte de Soria, malgré son jeune âge, est un des hommes les mieux en cour. J'ai du crédit auprès de lui. Sur mes instances, il rendra visite à votre père, et lui dira que le Roi a exprimé le souhait, en public, que don Alvaro acceptât un emploi aux Indes. Je connais votre père : il parle du Roi avec une malveillance respectueuse, mais le Roi est son seigneur, pour rien au monde il ne lui manquerait. Votre père prétend qu'à son âge on n'a plus de plans personnels; mais, à son âge, il y a une chose qu'on peut encore : être fidèle. La loyauté parlera en lui, et aussi peut-être (pourquoi non?) un peu de juste amour-propre. Êtes-vous contente? Eh quoi! vous ne dites rien?

MARIANA

Le sang est silencieux quand il coule.

BERNAL

Et les larmes aussi, n'est-ce pas? Allons, séchez ces larmes.

MARIANA

Où voyez-vous des larmes?

BERNAL

Là.

MARIANA

Une autre pleure en moi.

BERNAL

Vous êtes une petite fille... Ah! que n'est-ce moi votre père!

MARIANA

Mais vous ne l'êtes pas.

BERNAL

Cela vous déplairait, que je fusse votre père?

MARIANA

Dieu fait bien ce qu'il fait.

BERNAL

Vous ne m'aimez pas!

MARIANA

Comment ne vous aimerais-je pas, vous qui aimez Jac... *(Elle s'arrête court.)*

BERNAL

Je ne pardonnerai jamais à don Alvaro de compromettre la vertu par ses outrances.

MARIANA

Mon père est un homme d'une droiture exceptionnelle. C'est là son seul luxe, mais c'est un luxe qu'on paye cher.

BERNAL

Votre père est un saint, ou peu s'en faut. Toutefois, je commence à comprendre que les saints devaient être un peu agaçants pour leur entourage.

MARIANA

Il ne m'agace pas.

BERNAL

Vous le soutenez par principe.

MARIANA

C'est une chose bien forte, qu'avoir de l'estime pour quelqu'un.

BERNAL

Les messieurs de l'Ordre pensent comme je pense.

MARIANA

Le spectacle de la droiture ne fait que déconcerter les gens; il ne leur impose pas. Encore un peu, et cette gêne devient une sorte d'horreur.

BERNAL

Vous êtes bien philosophe pour vos dix-huit ans.

MARIANA

Je suis seulement sérieuse.

BERNAL

Peut-être y a-t-il en don Alvaro une certaine pente à contredire. Si la société autour de nous était austère, peut-être affecterait-il d'être esprit fort.

MARIANA

Il y a combien d'années que vous le connaissez, et vous croyez cela! Qu'est-ce donc que l'amitié, si elle se trompe ainsi? Et comme j'ai eu raison de n'avoir pas d'amies. Il n'y a nulle affectation en mon père. Il va droit devant lui. Son salut propre, et l'Ordre, voilà sa voie : à droite et à gauche, rien. Son indifférence écrasante pour tout ce qui ne porte pas quelque marque sublime... *Unum, Domine,* « O mon Dieu! une seule chose est nécessaire » : mon arrière-grand-père savait ce qu'il faisait, lorsqu'il changeait en cette devise-là la devise plus antique de notre famille.

BERNAL

Et ainsi vous, sa fille, vous êtes « à droite ou à gauche ». Il vous tient à l'écart de sa vie.

MARIANA

Ce qui serait anormal, ce serait qu'un homme

de son âge, et ayant ses préoccupations, trouvât beaucoup d'agrément à la société d'une petite demoiselle comme moi.

BERNAL

Oui, toujours le « regard intérieur »... Ce regard intérieur dont il regarde moins Dieu que lui-même.

MARIANA

Tout ce qui est fait contre lui, il y aide. Et vous le prétendez égoïste!

BERNAL

Il agit contre soi, parce qu'il y trouve son plaisir.

MARIANA

Si je ne vous connaissais pas, je vous prendrais pour un méchant homme, de le rabaisser ainsi.

BERNAL

Je ne suis pas un méchant homme. Je suis un homme qui veut vous voir heureuse.

MARIANA

Je ne cherche pas à être heureuse.

BERNAL

Vous ne voulez pas épouser Jacinto?

MARIANA

Je ne le veux pas pour être heureuse.

BERNAL

Pour quoi donc, alors?

MARIANA

Et lui, croyez-vous qu'il sera heureux avec moi?

BERNAL

J'en suis certain.

MARIANA

Croyez-vous que je pourrai lui être utile dans des choses importantes et graves? Je ne voudrais pas une vie facile. Je voudrais une vie où l'on aurait besoin de courage.

BERNAL

On a toujours besoin de courage.

MARIANA

Mais croyez-vous qu'il discerne bien ce qui est important et ce qui ne l'est pas? Car c'est cela qui est essentiel : ne donner qu'à l'un, et s'y tenir durement.

BERNAL

Vous le lui apprendrez, si je n'ai pas su le faire.

MARIANA

Je veux entrer dans le mariage, et refermer la porte comme on fait quand on est entré dans un oratoire, et ne plus regarder derrière moi, jamais. Il sera le seul pour moi, et je serai la seule pour lui. Perdue en lui seul pour toujours.

BERNAL

Il y aura bien aussi les petits enfants...

MARIANA

Je crois que même eux me dissiperont de mon mari.

BERNAL

Vous, la richesse ne vous fait pas peur?

MARIANA

Je l'accueillerai comme une épreuve et je m'efforcerai de la surmonter.

BERNAL

Chère Mariana, vous êtes votre père en plus sage. Et quelquefois dans vos paroles mêmes. Votre phrase : « Des enfants me dissiperont de mon mari » me rappelle une phrase que don Alvaro me disait tout à l'heure : qu'il lui fallait une solitude telle que l'amitié elle-même n'y entrerait que pour la troubler. Oui, comme vous êtes semblable à lui...

MARIANA

Je me méprise trop pour que ce que je suis soit semblable à mon père.

BERNAL

Vous vous méprisez, et cependant vous êtes fière comme un aspic. « Comme un aspic. » L'expression est de Jacinto.

MARIANA

Don Jacinto est bien hardi de me décrire, lui qui ne me connaît pas.

BERNAL

Et vous bien cérémonieuse de l'appeler *don* Jacinto devant moi.

MARIANA

Je ne vais pas appeler par son prénom seul un homme qui ne m'est rien.

BERNAL

Allons, Mariana, cessez cette comédie de la froideur. Faut-il vous apprendre qu'il y a deux semaines il m'écrivait : « Dans ma maison, sa douceur sera comme l'égouttement de l'eau »? Qu'il y a trois jours il m'écrivait : « Mon amour pour elle m'a réveillé l'autre nuit. J'entendais cette voix étoilée et lointaine... »

MARIANA

Cette voix étoilée et lointaine... Est-ce ma voix?

BERNAL

C'est votre voix. Faut-il vous apprendre qu'il y a deux semaines il m'écrivait : « J'étouffe d'elle »? Qu'il y a trois jours il m'écrivait : « La raie qui partage ses cheveux est comme le chemin que vous tracez dans la neige en allant vers sa maison »?

MARIANA

Vraiment, il vous a dit tout cela? Mais non, vous l'inventez pour me faire plaisir!

BERNAL

Par Dieu! je n'en invente pas un mot.

MARIANA

Alors, dites à ce monsieur de la Cour — celui qui viendra chez nous — qu'il perdra son temps si, pour convaincre mon père, il insiste sur les raisons de gloire; et que mon père le mettra à la porte s'il parle de profit. Dites-lui qu'il doit représenter à mon père que le Roi veut envoyer aux Indes des Espagnols bien, pour l'autorité morale de l'Espagne. Dites-lui qu'il faut qu'il parle de l'Ordre, que les Indiens doivent savoir ce qu'est un vrai chevalier de Santiago. Dites-lui... enfin dites-lui que le Roi ordonne... Dites-lui tout cela, don Bernal, n'est-ce pas? Et puis, il ne faut pas qu'il fasse à mon père les compliments usés qu'on lui fait toujours; suggérez-lui quelque chose d'un peu délicat... vous trouverez bien... Moi, pendant que ce monsieur sera là, je prierai à genoux devant la croix pour que mon père se laisse convaincre.

BERNAL

Vous allez prier le Sauveur. Mais si vous priiez aussi votre père? Après tout, n'avez-vous pas votre mot à dire dans tout cela?

MARIANA

Moi, prier mon père? Oh! cela, jamais!

BERNAL

Si ce mariage dépendait d'une parole dite par vous à votre père, vous ne diriez pas cette parole?

MARIANA

Non, jamais!

BERNAL

Toujours le *jamais* des Dabo. Ah! que les gens excessifs sont fatigants!

MARIANA

Excusez-nous : nous avons le cœur entier. *(Par la fenêtre, un pâle rayon de soleil — gris perle, du gris perle d'Avila — filtre dans la pièce.)* Mon Dieu, un rayon de soleil! Le premier depuis deux mois!

BERNAL

O Mariana! Et voici que, pour ce rayon de soleil, l'eau du cœur vous vient encore une fois dans les yeux.

MARIANA

C'est la fumée du brasero.

BERNAL

Non, ma petite perle, vous ne me tromperez pas.

MARIANA

Le premier rayon de soleil de l'hiver... Le soleil existait donc encore? Bientôt la neige va fondre, bientôt ce va être le printemps.

BERNAL

Hélas, nous ne sommes qu'au début de janvier.

MARIANA

Le printemps approche! Demain ce sera le printemps!

BERNAL

Et c'est vous qui disiez que vous ne vouliez pas être heureuse!

MARIANA

Non, don Bernal, je ne veux pas être heureuse.

ACTE III

Même décor.
Au-dehors, la neige tombe continûment.

SCÈNE PREMIÈRE

ALVARO, MARIANA

MARIANA, *lisant.*

Quand Diego Monzon se retrouva dans son cachot, après son évasion manquée,

captif de nouveau, et blessé, il sombra dans le désespoir, un désespoir sans lumière et sans fond.

Mais soudain il comprit que c'était Dieu qui lui envoyait cette épreuve, comme une marque de sa prédilection.

Alors il baisa les fers qui liaient ses mains, et il s'endormit pacifié.

ALVARO

Assez de nos vieux romances pour aujourd'hui; si vous continuiez, je craindrais de m'attendrir. Je sais pourquoi la guerre contre les Infidèles a été appelée la guerre sainte : parce que les Espagnols qui la faisaient étaient des saints. Alors il y avait une armée pure; les larmes me viennent aux yeux quand j'y pense.

Mais tout est trouble dans l'armée d'aujourd'hui. Aujourd'hui, si je rencontre un militaire, j'ai envie de hausser les épaules. Et, depuis trente ans qu'elle dure, il n'y a pas un seul romance sur la guerre du Nouveau Monde. *(Mariana ramasse dans une pelle les braises non consumées répandues sur le dallage.)* Ces braises vous gênent?

MARIANA

Trouvez-vous chose élégante toute cette braise répandue dans la pièce, quand vous allez recevoir un hôte de qualité?

ALVARO

Laissez cela, je vous prie. Que croiraient Tia Campanita et Isidro? Que je me mets en frais pour le Comte de Soria, un freluquet de Charles de Gand? Que ces sortes de pantins-là m'imposent? Allez, je sais comment on s'élève dans le monde : en foulant à chaque marche quelque chose de sacré.

MARIANA

Il doit bien y avoir, à la Cour, ne fût-ce qu'un seul homme intact.

ALVARO

Non, pas un seul. Et le Comte de Soria n'existerait pas pour moi, si je ne présumais qu'il m'apporte une nouvelle concernant l'Ordre. Il y a trois mois, nous avons demandé au Roi de tenter d'obtenir du Pape un des privilèges qu'eut jadis le Temple : que les cimetières de notre Ordre pussent recevoir les corps des excommuniés. C'est un désir qui me tient chèrement au cœur, — ah! passionnément, si vous saviez... Je n'imagine pas pourquoi quelqu'un de la Cour viendrait me rendre visite, sinon pour m'apporter la réponse à cette requête. Et, le croiriez-vous? Mariana, j'ai un pressentiment que cette réponse est bonne... — Vous mettrez le livre de romances dans ma chambre. Et vous renouvellerez ma provision de chandelle. Hier au soir, je lisais le *Parsifal* de Wolfram d'Eschenbach; c'est le Cantique des Cantiques de la chevalerie, et j'ai dû en interrompre la lecture, faute de chandelle. Vous achèterez aussi du savon, je n'en ai plus. Et vous recoudrez, s'il vous plaît, un des draps de mon lit, qui est déchiré.

MARIANA

Si je le recouds, il partira à côté. Il est usé partout.

ALVARO

Il est usé là où il y a des trous. Mais à côté il est encore très bon.

MARIANA

Vous ne voulez pas que je vous en achète une nouvelle paire?

ALVARO

C'est une dépense bien inutile; dites plutôt que cela vous ennuie de repriser. *(Avec impatience.)* Et puis, faites comme vous voulez, je ne demande qu'une chose : qu'on ne me casse pas la tête avec des histoires de draps. *(En sortant, il s'arrête devant Mariana, et lui époussette légèrement le col.)* Vous avez des cheveux sur le col de votre jaquette. Décidément, je crois que vous devenez sans soin.

SCÈNE II

MARIANA

MARIANA

O mon bien! ô cher entre tous les hommes! vous pour qui j'ai gardé un peu de mon enfance, et préparé quelque chose au fond de mon cœur depuis que je suis née, ouvrez-moi les bras, prenez-moi dans ma peine, et que cette peine soit la dernière qui naisse de moi seule : que bientôt je n'aie plus de peines que les vôtres... — Mais quoi! un étranger est mon refuge, qui jamais ne m'a vue décoiffée, qui ne connaît pas même ma chambre! Et c'est contre mon père que je cherche refuge... Contre mon père! Il m'a créée, je l'aime, et c'est lui que je fuis! *(On frappe à la porte d'entrée sur la rue. Bruit de voix à l'extérieur de la pièce.)* Le comte! Mon Dieu! puisque c'est un inconnu qui doit trouver les raisons et l'accent dont dépend ma vie, inspirez-lui ces raisons et cet accent. Il le faut, je le veux, tombez sur les choses que regarde mon père et illuminez-les dans un jour où il ne les a jamais vues. Ainsi agit votre Grâce, les livres le disent bien : un rien imperceptible et tout est déplacé...

SCÈNE III

ALVARO, LE COMTE DE SORIA

ALVARO

Vous apportez, Monsieur, un air bien nouveau, dans une maison où l'on vit infiniment à l'écart.

SORIA

J'apporte surtout de la neige à mes bottes. Par Dieu, quel hiver! J'ai dû aller jusqu'à Torral. La campagne n'est qu'un désert de neige, qui a failli enliser nos chevaux. La neige casse sous son poids les branches des arbres, et on voit des cadavres de loups pris dans le gel des rivières, comme de grosses racines déterrées...

ALVARO

Avila elle-même, toute recouverte de neige, est plus que jamais la cité du recueillement. C'est le meilleur berceau pour les grandes choses.

La foudre ne sait que détruire. Mais la germination se fait dans un profond silence, enfouie, insoupçonnée de tous.

SORIA

Sans doute. Il peut arriver même que le recueillement soit aussi de l'action, comme il l'est chez vous. Je sais que vous vous occupez avec zèle des hospices de Santiago. Vous avez troqué l'épée pour le voile de Véronique.

ALVARO

Vous êtes encore bien jeune, Monsieur, pour pouvoir sentir ceci : un âge vient où il vous semble que les hommes n'existent que pour être un objet de charité. S'il n'y avait pas la charité, je les oublierais volontiers, autant que je désire d'être oublié d'eux.

SORIA

Mais eux ils ne vous oublient pas.

ALVARO

C'est un honneur qu'être oublié par une époque telle que la nôtre : le parfait mépris souhaite d'être méprisé par ce qu'il méprise, pour s'y trouver justifié. Puisse mon nom être comme ces grands nuages qu'un peu d'heures efface.

SORIA

Par malheur, il n'en est rien. Le souvenir de vos hauts faits reste vivant.

ALVARO

J'admire qu'il soit vivant pour d'autres, quand il est mort pour moi.

SORIA

Le bruit que fait votre silence...

ALVARO, *sèchement.*

Oh! je vous en prie...

SORIA

Ainsi, pas une ambition? pas un désir?

ALVARO

Que voulez-vous qu'on désire quand tout est déshonoré?

SORIA, *ricanant.*

Tout est déshonoré!... Est-il possible! — Cela doit être mélancolique, de ne désirer rien...

Quoi qu'il en soit, si vous n'ambitionnez pas, d'autres ambitionnent pour vous. Il est temps, je crois, que vous sachiez l'objet de ma visite. Vous n'ignorez pas l'expédition que prépare Alesio Fuenleal...

ALVARO

Ha! Monsieur, je vous arrête. Certes, ce n'est pas là ce que j'attendais... Vous me causez une déception extrême... Si vous avez quelque vue de m'entraîner dans cette affaire, brisons là tout de suite. On m'y a déjà persécuté longuement et tenacement. Vous vous y useriez en vain.

SORIA

Écoutez-moi un peu. Sa Majesté, dans sa grande sagesse, a compris que l'évangélisation des Indiens, faite en majeure partie par des aventuriers, était chose impossible. Elle désire qu'on envoie de préférence aux Indes, désormais, des hommes pondérés et intègres, de qui la personne soit une garantie donnée aux Indiens, et un exemple donné aux Espagnols. Je puis vous le dire : nombre d'hommes remarquables vont se trouver bientôt aux Indes dans le même temps.

ALVARO

Ils se laisseront corrompre par l'ambiance funeste de là-bas. De cela nous avons eu déjà maint exemple. Non, Monsieur, je suis irréductible.

SORIA

Vous pouvez me refuser. Mais pouvez-vous refuser au Roi?

ALVARO

Au Roi?

SORIA

Sa Majesté a prononcé plusieurs noms. Et elle a prononcé le vôtre.

ALVARO

Quelqu'un le lui avait soufflé.

SORIA

Personne ne le lui a soufflé. J'étais là.

ALVARO

Eh quoi! le Roi me connaît-il pour autre chose qu'un vieux fol qui le harcèle de requêtes et de mémoires sur Santiago?

SORIA

Les paroles flatteuses dont il a accompagné votre nom montrent en quelle estime il vous tient.

ALVARO, *à part.*

Approbation du monde, que me voulez-vous?

SORIA

Et maintenant, Monsieur, je n'ai pas à vous apprendre ce qu'est un désir du Roi.

ALVARO

Tout ce que je suis s'oppose à une telle détermination.

SORIA

On peut être infidèle à soi-même quand c'est pour être fidèle au Roi.

ALVARO

Je n'ai pas les capacités qu'il faut pour réussir au Nouveau Monde.

SORIA

On ne vous demandera que votre présence et le bienfait qui émane d'elle.

ALVARO

Vous dites, Monsieur, que Sa Majesté a prononcé quelques mots sur moi. Vous souvient-il de quels ils furent précisément?

SORIA

Euh... précisément... Ah! si, elle a dit « que les cœurs nobles sont prompts aux entreprises désespérées, et que c'était bien pour cela, peut-être... »

ALVARO

Pour cela... quoi? Pour cela que je devais aller aux Indes?

SORIA

Qui sait?

ALVARO

Voilà une parole bien profonde — bouleversante — chez un si jeune homme... Que le Roi sache que les Indes sont une tragédie sans issue... et qu'il ait pensé à moi à cause de cela... En vérité, ceci me touche au vif.

SORIA

Alors, Monsieur, votre réponse?

ALVARO

Je demande à réfléchir.

SORIA

Faut-il réfléchir quand le Roi a parlé? Et je repars demain pour Valladolid.

ALVARO

Ah! vous repartez demain...

SCÈNE IV

ALVARO, SORIA, MARIANA

MARIANA, *faisant irruption.*

Mon père, il est grand temps que je vous désabuse. Tout ceci est une affreuse comédie. Don Bernal a suggéré au comte de vous dire que le Roi avait parlé de vous. Le Roi n'en a rien fait.

SORIA

Eh! Mademoiselle, n'étiez-vous pas d'accord avec don Bernal? N'est-ce pas vous qui lui avez dit...

MARIANA

J'étais anéantie. Je parlais comme on marche dans la brume. Ma voix était si faible qu'il n'a pas dû me comprendre. — Et puis non! J'avoue. Moi aussi j'ai pris part à ce piège.

SORIA

Monsieur, voici un tour étrange que prend la démarche où l'on m'a fourvoyé. Oui, c'est à la demande de don Bernal que je me suis prêté à jouer cette fable. Mais, s'il est vrai que le Roi n'a pas prononcé votre nom, je me flatte d'avoir quelque crédit à la Cour, et je me fais fort, s'il vous en vient le désir...

ALVARO

Voulez-vous m'insulter, après vous être moqué de moi?

SORIA

Je vois que rendre service est plus périlleux que sortir de la tranchée!

ALVARO

Je n'ai rien à vous demander et rien à vous offrir : ce sont de mauvaises conditions pour que nous nous intéressions l'un à l'autre. Je crois, comte de Soria, que notre entretien est terminé.

SORIA

Non sans un dernier mot de ma part. Vous m'avez comme reproché d'être un peu jeune.

Je vous dirai ceci : que les jeunes ont des façons brusques, mais souvent le cœur modeste, tandis que les vieux, souvent, avec des apparences saintes, ont le cœur dur et orgueilleux.

ALVARO

Ce peut être aussi le détachement qui, tenant la tête haute, paraisse être de l'orgueil, alors que la vile convoitise se courbe vers la terre. Partez, Monsieur : votre univers n'est pas le nôtre. Dans l'émotion où vous me voyez, souffrez même que je ne vous reconduise pas.

SCÈNE V

ALVARO, MARIANA

ALVARO

Pourquoi? Pourquoi?

MARIANA

J'étais dans ma chambre, au pied de la croix, à prier pour que cet homme vous convainque. Et soudain c'est vous que j'ai vu, à la place du Crucifié, la tête inclinée sur l'épaule comme je vous avais vu un soir, un soir, endormi dans votre fauteuil, à côté des sarments éteints. Et j'ai senti qu'on vous bafouait, comme on bafoua le Crucifié, et qu'il fallait que tout de suite j'aille à votre secours. Brisée soit ma vie, et toute mon attente, plutôt que de vous voir berné sous mes yeux, et berné par ma faute, donnant dans un leurre que j'ai aidé à vous tendre.

ALVARO, *mettant un genou en terre devant sa fille, et lui prenant les mains, et y appuyant son front.*

Pardon, Mariana, pardon! J'ai péché contre toi bien des fois dans ma vie. A présent, comme tout m'apparaît! Aujourd'hui tu es née, puisque aujourd'hui j'apprends que tu es digne qu'on t'aime. Mais toi, tu m'aimais donc! Tu m'aimais, chose étrange! Pourquoi m'aimais-tu?

MARIANA

Est-ce vous qui me demandez pardon, à moi qui étais complice pour vous duper? Relevez-vous, je vous en conjure. Je sens que je deviens folle quand je vous vois à genoux devant moi.

ALVARO

Tu faisais ton cours le long du mien dans les ténèbres : je ne l'entendais même pas couler. Et puis, tout d'un coup, nos eaux se sont confondues, et nous roulons vers la même mer. Mariana! dis-moi qu'il n'est pas trop tard!

MARIANA

Mon père par le sang et par le Saint-Esprit...

ALVARO

Tu m'as retenu sur le bord de l'abîme. Quand ma meilleure part se dérobait, toi, tu as été ma meilleure part. Je t'ai donné la vie : tu m'as rendu la mienne.

MARIANA

Je n'aurais pu supporter de vous voir cesser d'être ce que vous êtes. Vous m'avez reproché l'autre jour de vous perdre. J'ai voulu vous sauver.

ALVARO

Hélas, le Roi... ces paroles... il faut avouer qu'un instant j'en ai eu le cœur entrouvert. Loué soit Dieu, qui m'a permis de me surprendre misérable et ridicule, et de me montrer tel devant la personne du monde qui devait le moins me voir ainsi : c'est toi, c'est toi qui m'as vu fausser! Mais cette profonde chute me relance vers en haut. Désormais je touche à mon but : ce but, c'est de ne plus participer aux choses de la terre. Rentrons dans la réalité. Oh! comme depuis toujours j'y aspire! Comme je forçais sur mes ancres pour cingler vers le grand large! Le temps de mettre en ordre mes affaires, je m'enferme sans retour au couvent de Saint-Barnabé. Toi, mon enfant, tu iras vivre avec ta tante. A moins que... A moins que... Pourquoi pas? Laisse-moi t'entraîner dans ce Dieu qui m'entraîne. Bondis vers le soleil en t'enfonçant dans mon tombeau. Avant, je supportais que tu ailles un peu à ta guise. Maintenant, comment pourrais-je vouloir pour toi autre chose que la vérité? Rapproche-toi de moi encore plus : deviens moi! A Saint-Barnabé il y a un Carmel pour les femmes... Tu verras ce que c'est, que de n'être rien.

MARIANA

Être si peu que ce soit, pour pouvoir au profit de ceux qu'on aime...

ALVARO

Nous ne serons pas, et nous pourrons plus que tout ce qui est.

MARIANA

O mon Dieu, quand j'étais dans les bras de la tendresse humaine!

ALVARO

Endormie dans Jésus-Christ; endormie, ensevelie dans le profond abîme de la Divinité.

MARIANA

« Mon père, je remets mon âme entre vos mains. »

ALVARO

Dois-je te croire? Peut-on croire à sa joie?

MARIANA

Un rien imperceptible et tout est déplacé...

ALVARO

Ce qui a bougé bougera peut-être encore.

MARIANA

Brusquement, fixé à jamais.

ALVARO

Cette nuit, à trois heures, dans tous les couvents d'Espagne, des milliers d'hommes et de femmes se lèveront et prieront. Alors tu te lèveras et tu viendras me voir. Et tu me diras si tu as renoncé une seconde fois.

MARIANA

Oui, mon père.

ALVARO

Car tu te sacrifies, n'est-ce pas? La générosité, c'est toujours le sacrifice de soi; il en est l'essence. Tu te sacrifies, Mariana?

MARIANA

Oui, mon père.

ALVARO

Cependant, pas de larmes? Lutte, souffre davantage. Où il n'y a pas de combat il n'y a pas de rédemption.

MARIANA

S'il le faut, je pleurerai plus tard. Ensuite je baiserai mes chaînes, comme Diego Monzon, et je m'endormirai pacifiée.

ALVARO

Ce petit personnage, ce fils de don Bernal?...

MARIANA

Grâce à lui je connais la pleine mesure du sacrifice. Comment ne l'en aimerais-je pas pour toujours?

ALVARO

Que tu aies aimé cela te paraîtra un jour

incompréhensible. Va, tu n'auras pas connu l'infection de l'amour du mâle. A notre sang nul sang ne viendra se mêler. Il n'y aura pas d'homme qui te tournera et te retournera dans ses bras. Et pas d'enfants, personne pour me salir, personne pour me trahir : avec toi je m'éteins dans toute ma propreté. Les derniers! Nous serons les derniers! Quelle force dans ce mot de *derniers*, qui s'ouvre sur le néant sublime!

MARIANA

Je voudrais...

ALVARO

Dieu ne veut ni ne cherche : il est l'éternel calme. C'est en ne voulant rien que tu refléteras Dieu. *(Il détache du mur le grand manteau blanc de l'Ordre, et, la main sur l'épaule de Mariana, enveloppe avec lui sa fille dans le manteau, qui leur tombe jusqu'aux pieds.)* Les flocons de neige descendent comme les langues de feu sur les apôtres. Le sais-tu? c'est à la Pentecôte surtout qu'on armait les chevaliers. Par ma main sur ton épaule, je te donne la Chevalerie. Et maintenant, partons pour un pays où il n'y a plus de honte, partons du vol des aigles, mon petit chevalier! Quel voyage nous avons à accomplir, auprès duquel celui des Indes apparaît tellement sordide et grotesque!

MARIANA

Partons pour mourir, sentiments et amour. Partons pour mourir.

ALVARO

Partons pour vivre. Partons pour être morts, et les vivants parmi les vivants.

L'ombre s'épaissit. On ne voit plus sur la scène que la clarté du manteau qui les recouvre tous deux, agenouillés sous le crucifix, lui, les mains jointes, elle, les bras en croix sur la poitrine. Derrière la vitre, les flocons de neige tombent de plus en plus denses.

ALVARO

Éternité! O Éternité!

MARIANA

Infinité! O Infinité!

ALVARO

Religion! Religion!

MARIANA

Quel silence! Le silence de la neige. Je n'ai jamais entendu un tel silence dans Avila. On dirait qu'il n'y a plus que nous deux sur la terre.

ALVARO

Avila? Qu'est-ce que c'est? C'est une ville? Et la terre? Est-ce que tu vois encore la terre? Moi, je la vois toute ensevelie sous la neige, comme nous sous le manteau blanc de l'Ordre...

MARIANA

Neige... neige... la Castille s'enfonce sous la neige comme un navire sous les eaux. Elle va disparaître. Elle disparaît. De l'Aragon n'apparaît plus que la plus haute cime de la sierra de Utiel. La neige engloutit toute l'Espagne. Il n'y a plus d'Espagne.

ALVARO

Je le savais depuis longtemps : il n'y a plus d'Espagne. Eh bien! périsse l'Espagne, périsse l'univers! Si je fais mon salut et si tu fais le tien, tout est sauvé et tout est accompli.

MARIANA

Tout est sauvé et tout est accompli, car j'aperçois un Être au regard fixe, qui me regarde d'un regard insoutenable.

ALVARO

Sang de mon sang, tu étais meilleure que moi : en un instant tu me dépasses, tu vois avant moi ce que j'ai tant rêvé.

MARIANA

O rose d'or! Face de lion! Face de miel! Prosternée! prosternée! le front à terre devant Celui que je sens!

ALVARO

Non, monte plus haut! monte plus vite! Bois et sois bue! Monte encore!

MARIANA

Je bois et je suis bue, et je sais que tout est bien.

ALVARO

Tout est bien! Tout est bien!

MARIANA

Je sais qu'une seule chose est nécessaire, et qu'elle est celle que tu disais...

ALVARO et MARIANA, *ensemble.*

Unum, Domine!

Paris, mars-juin 1945.

POSTFACE
et
NOTES

POSTFACE

Il y a dans mon œuvre une veine chrétienne et une veine « profane » (ou pis que profane), que je nourris alternativement, j'allais dire simultanément, comme il est juste, toute chose en ce monde méritant à la fois l'assaut et la défense, et puisque nous devons nous dire de quelque vérité que nous habitions ce que tout homme marié s'est dit une fois au moins de sa femme : « Pourquoi celle-là? » De la première veine, La Relève du matin, La Rose de sable, Service inutile, *les lettres de Costals à Thérèse dans* Les Jeunes Filles, Fils des autres, Port-Royal, Le Maître de Santiago. *De la seconde* Les Olympiques, Aux fontaines, La Petite Infante, *les quatre livres des* Jeunes Filles. *Dans* Le Solstice de juin, *j'ai entremêlé les deux veines au cœur d'un même livre.*

Le Maître de Santiago *est le troisième de trois*

autos sacramentales, *dont les autres sont* Don Fadrique, *quatre actes, commencé et abandonné en 1929, et* Port-Royal, *quatre actes, écrit et achevé de 1940 à 1942. (*Fils des autres *est un* auto *minuscule, de quelques pages seulement.) Je prévois d'écrire une quatrième pièce catholique, dont l'action se passerait dans la France contemporaine.*

La graine dont est sorti en entier le Santiago *est une petite phrase lue en 1933 dans je ne sais quel historien, et qui était à peu près : « Quelques années après la découverte de l'Amérique, il y avait nombre de vieux Espagnols à juger que cette découverte était un malheur pour l'Espagne. » Cette phrase rejoignait la pensée qui m'était venue, dix ans plus tôt, quand je visitai pour la première fois Barcelone, devant la statue élevée à Colomb : « Voici une statue que les Espagnols feront bien de mettre à bas, un de leurs jours de révolution. »*

Dès ce temps-là, je conçus entièrement ce personnage du vieil Espagnol, dans tout son caractère et même dans maint de ses propos. Restant ensuite douze années sans que me vînt à l'esprit l'intrigue où je le logerais.

Je le « vis » toujours chevalier de l'Ordre de Santiago, dont l'emblème est une épée à la poignée en fleurs de lys, à cause de la devise de ma famille, qui est : « Seulement pour les lys. » (Sourions.)

*Dans l'intrigue que j'ai créée tout est fiction : il n'y a pas un emprunt. Mais le personnage de don Alvaro a une forte vraisemblance historique. La Castille du XVI*e *siècle a frappé le type de ces gentilshommes à la tête un peu étroite, qui, la cinquantaine passée, se retiraient du monde : avec leur foi tranchante, leur mépris de la réalité extérieure, leur goût de la ruine, leur fureur du rien. L'oncle de sainte Thérèse, qui joua un certain rôle dans sa conversion, était de cette famille-là.*

Je n'ai pas fait d'Alvaro un chrétien modèle, et il est par instants une contrefaçon du chrétien : presque un pharisien. Il reste en deçà du christianisme. Il sent avec force le premier mouvement du christianisme, la renonciation, le Nada; *il sent peu le second, l'Union, le* Todo. *L'Islam imprègne l'Espagne de cette époque : la religion d'Alvaro consiste presque toute, comme celle des Mores (ou celle de l'Ancien Testament), à révérer l'infinie distance de Dieu : Allah est grand. Mais l'Incarnation? mais l'intimité tendre avec un crucifié? mais « Emmanuel » (« Dieu avec nous »)? Dans la scène finale du ravissement, les mots qui reviennent à sa bouche sont les mots du combat, de la renonciation, du* Nada; *le seul mot de l'Union qu'il prononce, il ne le prononce qu'ap-*

pliqué à sa fille[1]*. — Par ailleurs, son « personnalisme » est tel qu'il affirme : « Si je fais mon salut et si tu fais le tien, tout est sauvé et tout est accompli », alors que le chrétien, au contraire, sacrifiera le cas échéant son salut à la glorification de Dieu, et dira avec saint François de Sales : « Si je ne peux Vous aimer dans l'autre vie, qu'au moins je Vous aime dans la présente. » — Et encore, il est un peu odieux au IIIe acte, lorsque Mariana, sous son envoûtement, prend le risque d'un sacrifice qui sera sans contrepartie, supposé qu'elle s'aveugle sur la fermeté de sa conversion ...* [2]

Tout de même qu'après La Reine morte *je m'étais plu à écrire* Fils de personne, *il m'a été agréable, venant d'écrire la pièce ample et touffue qu'est* Port-Royal, *de faire du* Santiago *une pièce courte et d'une ligne simple et pure;*

1. Et toutefois j'ai pensé qu'il fallait que dans cette scène ils parlassent à peu près le même langage : Alvaro par la fleuraison lente et naturelle de son caractère, Mariana par le coup brusque et gratuit de la Grâce — lui dans le contentement de sa nature, elle dans le sacrifice de la sienne, — ils arrivent et se rencontrent au même point.

2. Le sacrifice d'Abraham est décidément dans mon théâtre une obsession! Alvaro accepte le risque de sacrifier Mariana, au nom de la transcendance. Ferrante sacrifie Pedro au bien de l'État *(La Reine morte)*. Georges sacrifie Gillou à l'idée qu'il se fait de l'homme *(Fils de personne)*. A la fin de *L'Exil*, Geneviève consent à sacrifier son fils, si cela doit lui rendre d'abord l'amour de ce fils.

l'une et l'autre étant de reste pièces abruptes. Et de reprendre, dans cette œuvre évidemment mineure en proportion de Port-Royal, *le même sujet avec des situations inversées, puisqu'il s'agit toujours des démêlés de l'homme et de la Grâce. Par exemple, après avoir mis à la scène la « journée du Guichet », c'est-à-dire un père qui se bouleverse pour la clôture de sa fille, de peindre un père qui entraîne sa fille à la clôture; après avoir montré l'avidité de réforme sous l'abbesse Angélique, de montrer la réticence des « chevaliers de terre », etc.*

*Y a-t-il des sapes communicantes entre le jansénisme et le catholicisme castillan du XVI*e *siècle? Aux érudits catholiques de répondre. Sans doute serait-ce enfantillage que s'attarder sur l'origine basque de Saint-Cyran (soulignée par Unamuno), sur la religion « à l'espagnole » (Sainte-Beuve* dixit*) de la sœur Agnès, cette autre petite Infante, sur d'Andilly traduisant sainte Thérèse et Jean d'Avila, sur Nicole rêvant d'une congrégation qui porterait le nom, si castillan, d' « Ordre des Anéantis »... Mais, pour pailletées qu'elles soient de traits aimables, ces deux communions apparaîtront toujours aux yeux du monde sous un même aspect éclatant et sombre, et telles que les deux diamants noirs de la couronne de Jésus-Christ (mais l'un ayant cette éminence sur l'autre,* *d'avoir été foulé aux pieds). Et moi-même, écrivant* Santiago, *je n'avais pas quitté tout à fait le vallon des Champs* [1], *et jusqu'à habiller un peu à notre mode ces messieurs d'Avila : il y a là, notamment, quelques larmes qui sont françaises. J'ai donc cru qu'il n'était pas inopportun de reproduire à ce propos un ancien article consacré à* Port-Royal, *qui du même coup éclaire en quelque endroit la pièce qu'on vient de lire ici.*

1. Lorsque Alvaro, à la fin du conseil des chevaliers, s'aperçoit qu'il est isolé non seulement parmi son pays, mais parmi ceux de sa tribu particulière — trop en avant d'eux tous, — son exaltation est suivie d'une défaillance physique. C'est longtemps après avoir écrit ce passage que je le rapprochai de l'évanouissement de Pascal, quand Pascal découvre que Port-Royal compose avec la vérité.

NOTE I

sur « Port-Royal »

Ma famille maternelle se garda bien toujours de me dire que le grand-père de ma mère était cité trois fois dans *Les Châtiments*, et même qu'un de ces poèmes avait pour épigraphe une parole de lui : comme Hugo le vilipendait (en tant que chef du parti monarchiste), on n'en était sans doute que blessé, quand je tiens pour flatteur que le nom d'un homme politique oublié figure trois fois dans l'œuvre d'un génie. Ma famille paternelle se garda bien toujours de me dire que les seules interventions de mon trisaïeul paternel, à l'Assemblée Constituante, furent contre les privilèges de la noblesse et contre les privilèges du clergé. Et ma famille grand-maternelle désencadra et relégua dans une boîte, au fond d'un placard, comme un objet obscène, un Christ aux bras étroits qui avait appartenu à une aïeule : Rome avait condamné le jansénisme, ce Christ était donc pestiféré. C'est malgré nos familles (je songe aux familles « comme il faut »), bien plus, c'est contre leur vœu, que nous retrouvons dans notre ascendance des traits qui nous honorent ou qui nous font rêver. « Tu me reproches ce qui me fera grand », dit Œdipe à Tirésias, dans *Œdipe roi.*

J'avais près de trente ans quand je mis au jour ce Christ à l'étreinte réticente, et le cilice que ma grand-mère portait encore sur son lit de mort. Mais c'est quinze ans plus tôt que j'avais été excité et alléché par les airs mystérieux, et gros de réprobation, avec lesquels ma grand-mère parlait des survivances du jansénisme chez certains membres de notre famille, presque contemporains; c'est quinze ans plus tôt que j'avais découvert et lu trois manuscrits reliés, héritage évidemment, qui se trouvaient dans l'*enfer* de la bibliothèque grand-maternelle, — avec les albums égrillards de Willette et le dictionnaire de médecine (ce dernier pestiféré lui aussi, mais cette fois parce qu'il disait la vérité). Ces manuscrits dataient du XVIIIe siècle, et c'étaient les « journaux de bord » de conventicules du jansénisme finissant, non pas si mal à leur place auprès du dictionnaire de médecine, car on y convulsionnait à souhait. J'entrai dans le jansénisme par sa caricature et son Bas-Empire. Je n'en devais connaître rien d'autre avant l'année 1929, où je lus l'ouvrage de Sainte-Beuve.

J'avais dépassé alors le catholicisme à l'italienne qui fut celui de ma première jeunesse et j'étais entré dans la sympathie et le respect pour le christianisme pris au sérieux. La découverte du vrai Port-Royal (découverte faite dans le climat moral d'Alger, dont la grossièreté, par contraste, le faisait paraître plus merveilleux encore) me montra où était ma vocation. Toute la source émotionnelle en était contenue pour moi dans cette simple phrase de Sainte-Beuve : « Port-Royal ne fut qu'un retour et un redoublement de foi à la divinité de Jésus-Christ. » Ce n'était pas que j'eusse cette foi, mais c'était le temps que j'écrivais (dans *Pour une Vierge noire*) : « S'il m'arrivait quelque jour d'être foudroyé par la Grâce, je me mettrais dans une ligne que je serais tenté d'appeler la ligne de cœur du christianisme, parce qu'il me semble la voir courir, comme la sève dans un arbre, au cœur du christianisme : elle est une tradition qui va de l'Évangile à Port-Royal, en passant par saint Paul et par saint Augustin (ne frôle-t-elle pas Calvin?). La devise que je lui donne est le cri de Bossuet : « Doctrine de l'Évangile, que vous êtes sévère! » et sa figure celle de la voie qui toujours se rétrécit. »

Dans le jansénisme je trouvais aussi des solitaires, des rigoureux, des dissidents, et une minorité : cette famille était et ne cessera jamais d'être la mienne. Comme celle des moines, elle n'était pas en trop bons rapports avec la société : il est piquant qu'on appelle régulier celui des clergés qui veut vivre en dehors de la règle. Et puis, m'eût-elle été moins proche, le monde me paraît assez riant pour que j'y reste, mais assez vain pour que je me sente le frère de quiconque se retranche de lui, et quelle que soit la raison de ce retranchement : à mes yeux elle sera toujours secondaire. Enfin dans le jansénisme je trouvais un Ordre, et j'ai raconté déjà comment, en 1919, j'avais été travaillé par ce concept d'Ordre.

C'est alors que, frappé du caractère dramatique de maint épisode de Port-Royal, je résolus d'écrire un jour une pièce sur cette maison.

Je ne le fis qu'onze ans plus tard. Mais entre-temps j'avais commencé, pour l'abandonner bientôt, une pièce d'inspiration catholique, *Don Fadrique*, dont le son était si janséniste, sans que je l'eusse cherché, que je devais refondre plus tard dans mon *Port-Royal* la seule scène qui en fût viable (celle qui a été recueillie dans *Service inutile*). Et j'étais si obsédé par le jansénisme que je ne pus m'empêcher d'en fourrer dans *Les Jeunes Filles*, où il semble qu'il n'avait que faire : Costals, roué, est sans foi religieuse, mais, quand la mystique « Marie Paradis » s'adresse à lui, il la dirige dans un esprit strictement janséniste, hérésies comprises : des passages entiers de ses lettres pourraient être de la main de Saint-Cyran; et je suis prêt à réclamer qu'un homme averti en fasse l'épreuve. Les manuscrits de ma famille m'incitèrent même à y épingler un peu de convulsion. Tout cela dans une tradition sûre : il est connu que les libertins du XVIIe siècle inclinaient au jansénisme.

Je commençai donc d'écrire *Port-Royal* en avril 1940, quelques jours avant la grande marée allemande. Je m'étais mis au travail après une préparation volontairement courte et insuffisante. La matière tant extérieure qu'intérieure du jansénisme est à tel point compliquée, que si je n'y avais pris garde je me serais éternisé à pied d'œuvre, étudiant et déblayant, sans jamais franchir le pas. Cette loi, bonne pour toute création littéraire, qu'il faut la brusquer au départ, qu'il ne faut pas différer trop, par conscience professionnelle, le moment où l'on se mettra à noircir du papier — oui, c'est cela qui importe d'abord : mettre du noir sur du blanc, quitte à tout effacer ensuite, — cette loi me parut s'imposer ici comme jamais : je me jetai à l'eau, pour apprendre à nager.

Mai. J'abandonne Port-Royal et pars pour la ligne de feu. Durant les trois semaines que je vécus le drame de nos armées, je restais plein d'un autre drame. Malgré moi je les mêlais. Pénétré de la pensée que la religion n'a rien à voir avec le succès politique, que dis-je! qu'il y a tout intérêt pour elle à être diffamée sur la terre — *cum infirmor tunc potens sum*, — hanté par les sévices contre Port-Royal (et d'autre part, sans doute, cherchant d'instinct le biais par où aimer l'événement), je rêvais que ce qui déferlait sur la France dût marquer le commencement d'une nouvelle persécution, dont le christianisme sortirait rajeuni et ragaillardi : les persécutions se trahissent elles-mêmes, en fondant des fraternités. Quinze ans de catacombes! Il y avait de quoi être enivré, s'ils débouchaient sur quelque chose de semblable à cette première Église de Jérusalem, où saint Jérôme dit que de son temps encore on entendait de toutes parts, et dans les maisons et dans les campagnes, résonner les chants des Psaumes et des actions de grâces. Et je m'écriais, paraphrasant le Prophète et son *Innova dies nostros sicut a principio* : « Ensuite, quand cet âge aura disparu lui aussi, la Roue continuant de tourner, nous verrons remonter un âge chrétien. Le second christianisme. Frais et pur, lavé dans quoi? peut-être dans son sang, comme il nous paraîtra beau! comme il nous aura manqué! Nous l'accueillerons avec des sanglots (...) Que le christianisme créé par ceux qui l'aimaient semblera alors peu de chose auprès du christianisme recréé par ses persécuteurs! » *(Solstice de juin.)*

Après l'armistice, je me remis à *Port-Royal*. De nouveau, durant quelque temps, les deux drames s'entremêlèrent en moi. Fin 1940, beaucoup de Français croyaient de bonne foi qu'une réforme de la France était possible. J'étais du nombre, si on veut, et cette idée de réforme nourrissait du même coup *Port-Royal* et *Le Solstice* : réforme de la chrétienté, réforme de la nation. Réforme et réparation, au sens chrétien comme au sens laïc de ce dernier mot.

*

On pouvait écrire *Port-Royal* de deux façons. Dans l'histoire de cette maison isoler un épisode particulièrement « théâtre », et le traiter. Ou bien découper cette histoire en tableaux.

Une phrase de Sainte-Beuve invite au découpage : « Port-Royal, en sa destinée, forme un drame entier, un drame sévère et touchant, où l'unité antique s'observe, où le chœur avec son gémissement fidèle ne manque pas. » Mais le découpage — d'où peut sortir cependant une très belle pièce — répugne à un auteur : il le juge trop facile. D'autre part, le choix d'un seul épisode entraînait le sacrifice désolant de nombre d'autres : sacrifice irrémédiable, car les épisodes dramatiques de Port-Royal sont dispersés sur une longue suite d'années et n'intéressent pas tous les mêmes personnages.

Il fallait choisir aussi : exactitude ou transposition? Question qui paraîtra naïve. Tout artiste répondra : « Transposition, cela va de soi. Comment y échapper? » Pourtant je n'y vins pas du premier coup. Y a-t-il des règles de l'art dramatique? Je prétends que non. Mais chaque pièce qu'on écrit a ses règles particulières (comme chaque âme doit avoir les siennes, et c'est erreur que les conduire toutes, les âmes et les pièces, d'une même sorte). *La Reine morte* fut située dans le flou, pour que j'y eusse mes coudées franches. Quand je conçus *Port-Royal*, je me piquai au contraire d'écrire une pièce qui fût une reconstitution minutieuse de ce qui réellement *avait eu lieu*. Il fallut vite y renoncer, et d'abord pour quelle raison? Parce que — Pascal excepté, bien entendu — les jansénistes sont de très mauvais écrivains. Or, je me refusais à faire parler sur la scène Arnauld en rhétorique et Saint-Cyran en charabia, comme ils durent parler, si on en juge par leurs écrits. Mais ainsi, changeant leur langue, dès le départ je faussais, je m'engageais dans la convention. De là le branle était donné, un gauchissement général suivait, je rentrais dans la loi ordinaire de la dramaturgie sur thèmes historiques, qui est la création de ce qui logiquement aurait pu être. De mon premier idéal « photographique » je ne gardai qu'un scrupule extrême à me tenir aussi près que possible de ce que fut la réalité, scrupule dont il est à peine besoin de dire qu'il me tracassa et gêna sans relâche, au dam de mon ouvrage.

Une autre difficulté était d'exprimer toute la substance humaine d'un drame où l'appareil théologique est essentiel, et doit demeurer, mais voilé. Intéresser un homme de 194..., de moyenne culture, et incroyant, avec les problèmes de Port-Royal, éclairer cela à sa façon, resserrer, élaguer, brûler tout le bois mort de cette affaire, qui fait une masse considérable, ce n'était pas une tâche menue.

Par contre, j'eus une aide dans cette disposition de ma nature à basculer aisément d'une extrémité à l'autre, ou plutôt à me trouver ensemble à une extrémité et à l'autre (car, bien que la lutte entre l'orthodoxie et le jansénisme ne soit pas le débat principal de ma pièce, encore y est-elle). Si, penseur, vous proclamez le « Tout est vrai », on vous traite d'affreux dilettante et sceptique. Si, dramaturge, vous en êtes imbu, on vous félicitera, ou du moins vous vous féliciterez vous-même, de pouvoir faire parler tous vos personnages avec une force égale (ainsi firent, et peut-être parce qu'ils avaient une telle disposition, les tragiques grecs : chez eux, le dernier interlocuteur emporte toujours l'assentiment du public). Comme Barrès, dans ce chef-d'œuvre, *La Colline inspirée*, a tenté, quelles que fussent ses préférences intimes, de s'identifier tour à tour aux deux entités antagonistes que je devais retrouver, « la chapelle » et « la prairie », ainsi je me suis divisé également, et sans peine, dans la personne de Rome et dans celle de Port-Royal, qui l'une et l'autre, chacune à son point de vue, avaient raison. J'ai toujours été pénétré du mot de Baudelaire : « Il serait peut-être doux d'être tour à tour victime et bourreau. » C'était ou jamais l'occasion de le vivre, du moins dans l'art. *(Cf. la note en post-scriptum, ici, p. 150.)*

Je modelai *Port-Royal* durant un an, et le tripotai durant une année encore. Avant de le commencer, la question que je me posais : « Ne me trompé-je pas? Suis-je fait pour cette œuvre? » m'évoquait le religieux novice qui se demande s'il a bien la vocation. Maintenant, la contrainte de ne faire sortir de moi, dans cette pièce, que ma part chrétienne, ou de métamorphoser en élans religieux mes élans humains, me semblait parente, elle aussi, de celle des solitaires, qui plièrent dans la discipline catholique des élans et des rêveries qui, deux cents ans plus tard, se fussent répandus en débordements à la Sand et à la René. Et du travail et des mouvements de l'inspiration je rêvais qu'ils n'étaient pas sans analogie avec ceux de la Grâce.

Port-Royal fut terminé l'été de 1942. Longtemps je gardai une main, si je puis dire, sur cette œuvre que j'avais quittée. D'ordinaire, à peine ai-je terminé une création, je me détache d'elle, me retourne contre elle; elle m'agace et m'ennuie. *Port-Royal*, en tant que produit de l'art, n'échappait pas à cette règle. Mais, dans le même temps, la nostalgie me restait, de l'ordre de vie où j'avais vécu pendant deux ans grâce à cette œuvre. Il me semblait avoir perdu le lieu de ma meilleure respiration.

Même en ce sujet sévère, ne pouvons-nous finir sur une note de gaieté? Un jour je fus abordé par un confrère, dont j'étais en droit de croire qu'il a quelque notion de ce que j'écris, car il a souvent fait de gentils « papiers » sur moi, m'a pris des interviews, etc... « Il paraît que vous écrivez un *Port-Royal,* me dit-il. Ce sera une satire, n'est-ce pas? » Sur le coup, je fus comme anéanti. Mais assez vite je me remis d'aplomb. Et d'abord, n'ai-je pas crié bien des fois : vive le malentendu! Et le quidam à qui nous racontons le sujet de notre roman, histoire dont nous venons d'être le proche témoin, et qui nous dit qu'elle est « invraisemblable », et l'autre quidam à qui nous faisons lire, à peine transposées dans l'art, des pages brûlantes de notre journal intime, et qui nous parle de leur « manque d'existence profonde », de leur « manque de nécessité », ne sont-ils pas des personnages classiques, et en quelque sorte indispensables, de la vie littéraire? Il faut se dire que les hommes sont ainsi, et passer.

Comœdia, avril 1944.

Note en post-scriptum (1946). — Quand j'écrivais cet article, et à plus forte raison quand j'écrivais *Port-Royal,* j'ignorais la phrase bouleversante que j'ai lue plus tard dans une lettre de Saint-Simon adressée à un trappiste, et recueillie dans ses *Écrits inédits :* « Il (Rancé) *me demanda le secret jusqu'à sa mort,* et puis il me dit qu'il y avait deux partis dans l'Église sur la matière de la Grâce (...), mais que Dieu, toujours veillant au bien de son Église, en avait tiré sa gloire, en ce que ces deux partis, semblables à deux cailloux qui s'entrechoquent sans cesse, jetteraient des étincelles à la lumière desquelles la voie mitoyenne se découvrirait entre ces deux extrémités opposées, laquelle conduisait à la vérité et au salut. »

Sans doute M. de Rancé n'a-t-il pas dit que chacun des deux partis « avait raison ». Mais il les a justifiés dans leur action l'un et l'autre. Et il faut que cette vérité soit bien redoutable, qu'il n'y a pas à choisir, pour qu'il ait demandé que *le secret en fût gardé jusqu'à sa mort*.

NOTE II

Le romance de Diego Monzon

Le romance de Diego Monzon, que lit Mariana au début du IIIe acte, serait cherché en vain dans le *romancero :* il est inventé. Aussi bien, les connaisseurs y auront-ils perçu un goût de sensibilité moins espagnol que français. Et, en effet, le trait qu'il décrit est emprunté à notre dernière guerre : le baisement des menottes, après l'évasion manquée (avec le même sens que lui donne « Diego Monzon »), m'a été rapporté d'un jeune Français, prisonnier civil des Allemands. La qualité de cet acte est celle exactement qu'on trouve dans nos chansons de geste. Et il me cause, en plus fort, la même émotion que j'ai prêtée au héros des *Jeunes Filles*, lorsque, enfant, il arrivait à ce passage d'un roman de la Comtesse de Ségur où l'auteur montre le Maréchal de Ségur (au XVIIIe siècle), pour se protéger d'un spectre qu'il croit voir entrer dans sa chambre, baisant la croix du Saint-Esprit attachée sur sa poitrine.

NOTE III

La charité

Il y a une règle, que nous ne pouvons donner notre charité qu'un peu loin de nous, non tout près, comme le projectile d'une arme à feu ne peut atteindre un but qu'à une certaine distance : le père fait partie de la Conférence Saint-Vincent-de-Paul, mais est indifférent et dur pour ses enfants; l'Œuvre de bienfaisance est charitable pour ceux dont c'est son rôle de s'occuper, mais exploite de façon écœurante son personnel; etc... J'ai voulu que don Alvaro ne manquât pas à cette règle.

Tandis que je le faisais parler de la charité, il m'est arrivé de tracer en marge de ses paroles la note suivante. Elle se rejette de son caractère. Car la charité d'Alvaro est, je crois, voulue. Je l'ai dit : Alvaro me paraît comme extérieur à l'Évangile. Il y a aussi des oiseaux de proie de la charité.

*

La passion est toujours une mise à mort des mille objets qui ne sont pas elle. Si j'ai pu écrire (dans *Mors et Vita*) que l'indifférence avait été une des passions de ma vie, c'est sans doute parce que je nommais sur la même ligne une autre passion, qui avait créé en moi cette indifférence salutaire. Comme l'arbre laisse tomber ses nombreuses écorces sèches et se réduit à une seule masse jeune et forte, la passion transporte l'être, d'un monde multiple où il se dissipait, dans l'unicité de ce qui est elle, où il se rajeunit et fortifie.

Un des autres bienfaits de la passion est que les états d'âme qu'elle provoque sont dénués de vanité, qui est un des sentiments les plus ridicules en ce monde.

Qu'il serait beau que l'âme pût être, sans passion, ce qu'elle est dans la passion! Car alors elle est dénuée de vanité, impétueuse, dure, prête à tous les sacrifices et à toutes les générosités; ingénieuse aussi, imaginative; par-dessus tout énergique, follement énergique. Un homme peut employer pour sa passion une telle énergie, drainer pour elle si à fond ses ressources, qu'il en demeure épuisé pour tout le reste. Le monde le croit un mol apathique, et il est un monstre de volonté, — mais dans un domaine que le monde ne connaît pas.

Cette délivrance, par la passion, de forces endormies, cette magnétisation, par la passion, qui rend possible l'impossible, me fait penser à l'histoire de ces deux vieilles filles qui, croyant entendre des cambrioleurs, trouvent tout à coup la force — dans leur frousse — de mouvoir et coller contre la porte un énorme bahut, qu'ensuite il faudra quatre hommes costauds pour remettre en place;

ou à celle du lutteur, qui durant un quart d'heure ne parvient pas à dominer son adversaire, mais trouve tout à coup — dans son indignation — la force de le terrasser, parce que l'autre vient de tenter contre lui un coup défendu.

La charité possède nombre des caractères d'une passion, car dans tout sentiment d'ordre religieux, tendant à un absolu, il y a de la passion. Elle a de la passion tout ce qui est feu, impétuosité, austérité, exclusivité, tyrannie, mais elle garde une part contemplative, pure et désintéressée. Il y a des maladies qui participent d'une autre maladie, tout en ayant des éléments spécifiques propres. L'indice de la charité est d'être une passion, mais capable de perdre de vue subitement son but. Elle arrête la course, elle s'immobilise. Elle reste identique à elle-même; elle n'a que tourné son visage ailleurs.

C'est alors qu'il semble qu'elle l'ait tourné vers le ciel, d'où il reçoit un éclat de diamant. C'est alors qu'elle jette cet éclat de diamant. Pureté de la charité détachée de son but, quand elle est devenue ignorante de ce qu'elle fait, touche et veut, quand elle n'est plus qu'essence. Et sa fixité. Fixe et vous fixant. Il y a une expression anglaise, *transfixed* : fixé et transpercé. Cette charité immobile vous transfixe de son rayon insoutenable. Quand on en a été frappé une fois, on ne peut plus l'oublier.

C'est le souvenir de cet éclat qui vous oblige à repartir dans le trantran et le tout-venant de l'action de charité, dans une tâche en apparence vulgaire, détériorante pour le corps et l'âme. C'est le moment de l'immobilité qui vous rejette dans le « Marche! Marche! » La passion s'est remise en marche et ne vous lâchera plus. Elle marche pour retrouver un jour cet instant d'extase sans prière, cet instant de son immobilité et de sa pureté.

NOTE IV

Le cercueil de Philippe II

Ce que je vais écrire et sur quoi l'on fermera ce livre est sans rapport direct avec rien du *Santiago*. Mais cela le clôt de bonne façon, que dis-je? le clôt, cela l'enveloppe complètement. Un billot de ce bois très dur nommé angelin dans les Indes orientales, billot dont les conquistadores avaient revêtu la proue d'un de leurs navires, était venu échouer sur un des quais de Lisbonne, où il servait de banc aux pauvres. Le roi Philippe II, ayant vu le bloc et ayant appris sa destinée, en avait été touché et l'avait fait envoyer à l'Escurial, où il servait également de banc pour les pauvres. Or, Philippe II, à l'approche de sa mort, ordonna que son cercueil fût taillé dans ce billot. Le même bois qui avait fendu les mers inconnues, pour apporter au-delà d'elles la Révélation, le bois des conquérants qui avait été ensuite le bois des pauvres — Dieu, la guerre, la charité, — finit en la barque ténébreuse, finit en la barque de rêve dévolue au dernier voyage du monarque de l'univers. — C'est tout. Nous pouvons fermer le livre.

POSTFACE ET NOTES

DU MÊME AUTEUR

Aux Éditions Gallimard

LA RELÈVE DU MATIN

LES OLYMPIQUES

LA JEUNESSE D'ALBAN DE BRICOULE, *roman.*
I. LES BESTIAIRES
II. LES GARÇONS
III. LE SONGE

LES VOYAGEURS TRAQUÉS

AUX FONTAINES DU DÉSIR

LA PETITE INFANTE DE CASTILLE

UN VOYAGEUR SOLITAIRE EST UN DIABLE (1925-1929).

L'EXIL (1914), *théâtre.*

MORS ET VITA

ENCORE UN INSTANT DE BONHEUR, *poèmes.*

LES CÉLIBATAIRES, *roman.*

SERVICE INUTILE

LES JEUNES FILLES, *roman.*
I. LES JEUNES FILLES
II. PITIÉ POUR LES FEMMES
III. LE DÉMON DU BIEN
IV. LES LÉPREUSES

L'ÉQUINOXE DE SEPTEMBRE

LE SOLSTICE DE JUIN

LA REINE MORTE, *théâtre.*

FILS DE PERSONNE. – UN INCOMPRIS, *théâtre.*

MALATESTA, *théâtre.*

LE MAÎTRE DE SANTIAGO, *théâtre.*

DEMAIN IL FERA JOUR. – PASIPHAÉ (1936), *théâtre.*

CELLES QU'ON PREND DANS SES BRAS, *théâtre.*

TEXTES SOUS UNE OCCUPATION (1940-1944)

THÉÂTRE

PORT-ROYAL, *théâtre.*

BROCÉLIANDE, *théâtre.*

CARNETS (1930-1944)

LA MORT QUI FAIT LE TROTTOIR (Don Juan), *théâtre.*

ROMANS ET ŒUVRES DE FICTION NON THÉÂTRALES

LE CARDINAL D'ESPAGNE, *théâtre.*

LE CHAOS ET LA NUIT, *roman.*

ESSAIS

LA GUERRE CIVILE, *théâtre.*

VA JOUER AVEC CETTE POUSSIÈRE (CARNETS 1958-1964)

LA VILLE DONT LE PRINCE EST UN ENFANT texte de 1967, *théâtre.*

LA ROSE DE SABLE, *roman.*

LE TREIZIÈME CÉSAR

UN ASSASSIN EST MON MAÎTRE, *roman.*

LA MARÉE DU SOIR (CARNETS, 1958-1971).

LA TRAGÉDIE SANS MASQUE. Notes de théâtre.

MAIS AIMONS-NOUS CEUX QUE NOUS AIMONS?

LE FICHIER PARISIEN

TOUS FEUX ÉTEINTS (CARNETS, 1965, 1966, 1967, CARNETS sans dates de 1972).

COUPS DE SOLEIL

Cet ouvrage a été composé
et achevé d'imprimer par l'Imprimerie Floch
à Mayenne le 25 janvier 1991.
Dépôt légal : janvier 1991.
1er dépôt légal dans la même collection : juillet 1972.
Numéro d'imprimeur : 30270.

ISBN 2-07-036142-X / Imprimé en France.

51852